El extraordinario viaje en el tiempo del futuro

Jorge Cervantes "Cervan"

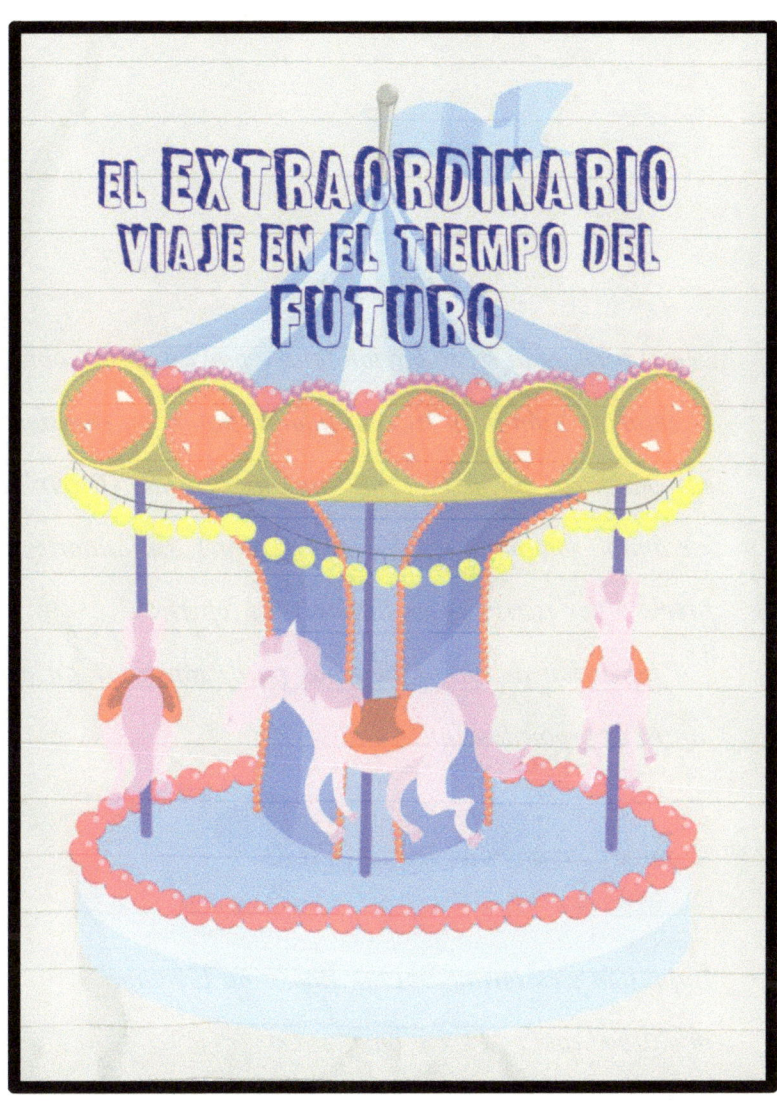

Impresión y editorial: BoD – Books on Demand
info@bod.com.es - www. bod.com.es
Impreso en Alemania – Printed in Germany

ISBN: 9788413730424

Prólogo.

Hay ocasiones en las que los aproximadamente cuatro minutos de una canción no son suficientes para contar una historia. Aunque sí baste para transmitir la sensación pretendida, a veces me invade la necesidad de completar la experiencia que deseo compartir, con una explicación. Ya sea en forma de poesía, relato, ilustración o novela, esta necesidad me ha motivado para crear ciertos complementos que me ayuden en esa labor.

Puede ocurrir también lo contrario, es decir; una obra literaria que ya he escrito inspira una canción, haciendo las veces de banda sonora.

De esta forma nace el libro que podréis leer a continuación. Se trata de una antología cuyo nexo es "El extraordinario viaje en el tiempo del futuro", pues todos los fragmentos que lo conforman tienen que ver de una forma u otra con mi *trabajo discográfico.*

Algunos ejemplos son:

"La isla hotel". *Una de mis primeras composiciones. Ha sido depurada una y otra vez en función de mi desarrollo como músico, formando parte del repertorio de Cervan y llegando a darme alegrías en algún concurso de maquetas. Años más tarde nace el relato de un náufrago que vive dieciséis años en una isla desierta de la que desea fervientemente escapar, aunque cuando lo consigue las cosas no son lo que parecían.*

"La casa del terror" *fue un relato corto escrito con intención de narrar la muerte y posterior vida como espectro de un hombre encerrado en un viejo caserón. Tras escribirlo, la melodía vino sola a mi cabeza y acabó siendo una de mis composiciones preferidas.*

"El extraordinario viaje en el tiempo del futuro" *es un mito, una narración imaginaria que explica* *mediante la encarnación de la "Cabra Cósmica" qué es el tiempo, su forma y la manera en que fluye.*

"El final del carnaval". *Una terrorífica historia ambientada en Río de Janeiro. Una chica será secuestrada con aviesas intenciones, pero las cosas se torcerán al tercer día, cuando emerja el monstruo encerrado en su interior.*

Además, en este libro podréis encontrar diferentes códigos QR para facilitar la escucha de las canciones que conforman el disco a medida que avanza la lectura.

04 - La isla hotel.

"Estábamos muertos de hambre y de miedo, no sabíamos volver.

Vivíamos en cada instante el primero una y otra vez.

Habíamos naufragado en una isla sin palmeras verdes ni cocos a granel. Ni cocos a granel.

Túmbate y disfruta de tu suerte. Sombreros de frutas, danza del vientre, aquí en la Isla Hotel nadie nos quiere.

Sea lo que quiera Dios que sea, si nada nos queda que

nada nos retenga. De aquí al amanecer rock y ginebra.

Estábamos tan hinchados de comernos cada día la misma

miel. Tan enamorados y tan resueltos a nunca jamás tener

que volver.

Habíamos naufragado en una isla sin palmeras verdes ni

cocos a granel. Ni cocos a granel.

Túmbate y disfruta de tu suerte. Sombreros de frutas,

danza del vientre, aquí en la Isla Hotel nadie nos quiere.

Sea lo que quiera Dios que sea, si nada nos queda que

nada nos retenga. De aquí al amanecer rock y ginebra.

Túmbate y disfruta de tu suerte. Sombreros de frutas,

danza del vientre, aquí en la Isla Hotel nadie nos quiere.

Sea lo que quiera Dios que sea, si nada nos queda que

nada nos retenga. De aquí al amanecer rock y ginebra".

La isla hotel.

¿Cómo hemos llegado hasta aquí? Francamente no lo tengo claro, supongo que, en parte por suerte, en parte por divina providencia. Lo que sí sé es que en estos años que llevamos tratando de escapar de la isla he aprendido mucho acerca de mi propia naturaleza. He hecho cosas que jamás hubiese imaginado que era capaz de hacer y ahora que por fin he conseguido salir, no siento más que ganas de darme la vuelta y volver al lugar que odio con todo mi corazón.

Pocas historias de naufragios comienzan de una forma tan ridícula. En nuestro caso no huíamos de una guerra en un globo aerostático, ni explorábamos el océano en busca de riquezas y aventuras. No éramos piratas derrotados en una batalla naval ni tampoco caímos del cielo en un avión envuelto en llamas. Nosotros nos emborrachamos en un crucero.

Tras nuestra boda, mi flamante recién estrenada esposa Irene y yo, nos embarcamos en un viaje por el mar Mediterráneo en una lujosa ciudad flotante. Todo estaba pensado para el regocijo de los enamorados. Decoraciones elegantes, cenas románticas, música lenta, actividades en pareja, masajes..., todo dispuesto para que los amantes vivieran una experiencia lo más pomposa y comercial posible. Yo siempre he detestado este tipo de cosas, pero quería hacerla feliz a cualquier precio, como cualquier joven que acaba de pasar por el altar, supongo.

La tercera noche a bordo nos obsequiamos con una cena por todo lo alto en el restaurante más elegante del navío. Ninguno de los dos estaba acostumbrado a beber y aquel día nos excedimos bastante. Decidimos que sería excitante hacer el amor en cubierta al más puro estilo "Titanic", de modo que buscamos un lugar tranquilo y como dos adolescentes, comenzamos a besarnos. La lujuria, el alcohol, las ansias por el momento de la penetración hicieron que nos apoyáramos en la barandilla de seguridad. Ya no podíamos parar. Ella era incapaz de reprimir sus gemidos de placer y yo la embestía con todas mis fuerzas, aplastando sus senos contra el frío metal. De repente el tubo cedió. Dos metros de aquella estructura se rajaron, perdimos apoyo y caímos al mar.

Todo se volvió negro. Me había golpeado la cabeza con algo y cuando desperté, Irene me sujetaba por las axilas mientras gritaba mi nombre y suplicaba que me despertase.

Las olas nos zarandeaban rítmicamente, como si nos acunasen tratando de calmar el nerviosismo que nublaba nuestras mentes. Agarrotados por el frío, luchábamos por no dejar de nadar, conscientes de que parar significaría nuestro fin. Ella no dejaba de repetir que no me preocupara, que en cualquier momento volverían a recogernos, que era imposible que nos dejaran a nuestra suerte. Yo no era tan optimista. Hacía rato que no notaba nada por debajo de las rodillas y las manos también estaban totalmente insensibles. Era cuestión de tiempo que sufriéramos una hipotermia y terminásemos ahogados, a la deriva presa de los peces que se darían un festín con nuestros cuerpos.

Dejé de luchar. Cerré los ojos, dispuesto a abrazar la muerte cuando mi cuerpo dio un vuelco. Arrastrado tierra adentro por la fuerza del mar, me di cuenta de que no iba a fallecer, sino que había llegado a tierra. Exhausto, me arrastré fuera del agua y acaricié la arena de aquella playa negra e invisible. Un momento, ¿Irene? La busqué a tientas en la oscuridad, abarcando cuanto podía con mis brazos. Gritaba su nombre con todas mis fuerzas hasta que mi garganta dejó de responder a las órdenes de mi cerebro. Escudriñé cada centímetro a mi alrededor durante toda la noche. Los primeros rayos de luz clarificaron mi situación y al fin, pude ver su cuerpo inmóvil a unos cincuenta metros. A trompicones, corrí hacia ella, pero no había nada que hacer. Estaba fría, descolorida. La abracé con todas mis fuerzas, roto de dolor. Lloraba amargamente al tiempo que besaba sus labios inertes. La angustia en mi pecho se tornó en náuseas y acabé vomitando. Me tumbé a su lado con la ilusión de verla despertar sonriente. Negué y maldije una y otra vez. Pasé de la ira a la depresión en segundos y cuando decidí que era el momento de buscar ayuda, de tratar de seguir adelante y llevar a cabo los horribles trámites que me esperaban en la civilización, ya anochecía nuevamente.

La llevé en brazos hasta donde empezaba la tierra compacta y la dejé allí tumbada cómodamente, descansando de aquel largo viaje que no habíamos podido terminar juntos. Alcé la vista en busca de algún lugar urbanizado, pero no logré divisar absolutamente nada, ni un chiringuito ni una torre de vigilancia playera, ni tan siquiera una solitaria bolla en la bahía, nada. Aquel era un espacio absolutamente virgen. Según mis cálculos debía estar en algún lugar cerca de Malta, alguna isla recóndita pegada a la costa, de modo que era bastante probable que si bordeaba la playa acabara encontrando un muelle. Si alguien vivía allí tenía por fuerza que aprovisionarse de algún modo, así que comencé a caminar con la última luz del crepúsculo. La noche no fue tan oscura como la anterior. El sonido de las olas unido a la tenue luz de la luna creciente me guiaban en mi vagar. Yo esperaba tropezarme con algún paso de madera o cualquier construcción humana similar y a partir de ahí seguirlo, hasta alguna luz artificial que fuera capaz de detectar.

Fueron dos horas de caminata cuando tropecé de nuevo con mi esposa, que yacía en el mismo lugar en el que la había dejado. Si había un puerto no lo había encontrado, lo que significaba que probablemente aquel islote estaba deshabitado.

No sabía nada de técnicas de supervivencia, no tenía idea de cómo encender un fuego ni siquiera utilizando un mechero y combustible, hice lo más instintivo, me acurruque junto al cadáver de Irene a esperar la llegada del nuevo día. Ya con luz planeaba explorar los alrededores en busca de un montículo desde el que pudiera determinar mi posición y a partir de ahí elaboraría un plan. Anhelaba volver a mi casa, meterme en mi cómoda cama a descansar y dejar que el tiempo consumiese la tristeza.

Pronto caí rendido a pesar del frío y de los desconcertantes sonidos que me asediaban. El mar puede ser ensordecedor cuando no hay nada más que escuchar. El romper rítmico de las olas, lejos de relajarme me creaba cada vez más ansiedad, pero aun así me dormí y aunque no fue un sueño reparador, al menos pude poner punto y seguido a los acontecimientos.

Me desperté con un terrible dolor de cabeza. Levaba dos días sin beber ni una gota de agua. Costosamente me puse en pie y empecé a mirar a mi alrededor, sabía que era imperativo localizar alguna fuente de hidratación antes siquiera de plantearme cualquier otra cosa.

Consciente de que sin líquidos no iba a durar mucho tiempo, miré alrededor y la playa moría directamente en un paraje yermo y negruzco hasta donde se extendía la vista, apenas unos matorrales rompían el tono oscuro de una tierra eminentemente de origen volcánico. No había posibilidad alguna de no ver un río, manantial o similar del que pudiera abastecerme. El horizonte empezó a parecerme aún más lejano, podía escuchar los latidos de mi corazón como si fueran tambores dentro de mi cabeza que reverberaban sin parar, llegando a aturdirme de tal manera que me resultaba muy costoso iniciar cualquier desplazamiento. Notaba mis labios y mi cara totalmente ásperos y secos y la sed ocupaba todo el devenir de mis pensamientos. Aun así, sin desesperarme avancé con la intención de reconocer el terreno, pero por desgracia en ese impetuoso movimiento me mareé y caí al suelo inconsciente.

Tampoco disfruté de una siesta en el paraíso en esta ocasión, recuerdo fugaces momentos de angustia y frío intenso en mis extremidades.

Cataplasmas de agua helada en mi frente y labios, escalofríos intensos y pesadillas tan reales como la vida misma. Al despertar estaba bajo techo, un lecho de hojas de palmera entrelazadas a dos metros de mi cabeza aproximadamente, atadas con cuerdas a cuatro pilares muy rudimentarios hechos de madera seca. La brisa acariciaba mis pies descalzos y yo me sentía bien a pesar de algunas molestias generales. Al incorporarme vi a mi derecha un cuenco con agua que cogí instintivamente y bebí sin pensar en si realmente era agua. Me supo a gloria.

Al fin, reuní las fuerzas necesarias para levantarme y echar un vistazo a lo que me rodeaba con más atención. Me encontraba en el interior de la isla, no debía estar a más de un kilómetro de distancia de la costa, al abrigo de la ladera del volcán pues todavía se percibía con claridad el aroma del mar y el sonido de las olas. Se trataba de un modesto campamento hecho con materiales rudimentarios. Pude percibir bastante trabajo, con lo que deduje que alguien debía llevar ya tiempo habitándolo. Junto a lo que podríamos llamar mi habitación, había otra construcción más elaborada, hecha con la misma técnica pero el techo estaba a medio metro del suelo

"Me desperté con un terrible dolor de cabeza."

y se habían erguido cuatro pareces con alguna especie de adobe casero. No tenía más que una abertura por la que entrar y salir. Un montón de hierba seca cubierta con un tejido marrón hacía las veces de cama y junto a las paredes, varias estructuras de caña sostenían algunos útiles como menaje de arcilla, hachas, flechas, cuchillos…, todos hechos a mano. Fuera se extendían varias decenas de hojas anchas, dispuestas en estacas clavadas al suelo de tal forma que recogían humedad del ambiente. Esta se condensaba y resbalaba hacia un contenedor colocado en la punta. Un sistema de recolección de agua muy efectivo por lo que pude apreciar, puesto que todos los recipientes estaban llenos a desbordar.

Me senté en mi lecho con las piernas cruzadas, tratando de poner orden en mis pensamientos y asimilar todo lo acontecido los días anteriores y caí en la cuenta. ¿Cuánto tiempo había dormido?, ¡el cuerpo de mi esposa seguía en la playa!

Un horrible sentimiento de ansiedad y premura me asoló de repente, debía ir como fuese al encuentro de mi mujer para darle digna sepultura, no podía permitir que se pudriera a la intemperie pasto de las alimañas. Me levanté. Comencé a caminar en la dirección que me marcaba el romper de las olas, con idea de volver a rodear la isla por la playa hasta localizar el cuerpo, pero no tardé mucho en cruzarme con el dueño del refugio.

Era un hombre alto de piel curtida, vestía unos harapos y se le notaban perfectamente todas las costillas. Larga barba y negra melena, tapaban casi por completo sus facciones, aunque pude percibir una mirada dura y unos ojos castaños, bajo dos pobladas cejas, que me escudriñaban llenos de interrogantes. Portaba un largo arpón en su diestra y en la mano izquierda la pesca del día, dos grandes peces que aún aleteaban y movían la boca. Al verlos

23

se me hizo la boca agua y me empezaron a rugir las tripas, no sé ni cuánto hacía que no probaba bocado, pero se convirtió en una necesidad imperiosa en ese momento.

-Ya estás despierto. Bien

-¿Hablas mi idioma?, no me lo esperaba

-Parece que sí. Hemos tenido suerte, no me apetecía nada tratar de comunicarme con alguien a base de balbuceos y señales. Llevo demasiado tiempo sin hablar con nadie.

-¿Cómo te llamas?

-Ah, ya recuerdo por qué no hablo. Haz el favor, aquí las preguntas las hago yo. ¿Cómo has llegado aquí?

-Iba en un crucero con mi mujer…, nos caímos.

-Así que era tu mujer, lo siento. Podrás ir a verla más tarde, después de la cena.

-¿Verla?, ¿dónde está?

-La he enterrado un par de kilómetros al sur, donde

24

los demás.

-¿Los demás?

-Te he dicho que aquí las preguntas las hago yo.

Se cruzó sin tratar de esquivarme, con lo que me llevé un pequeño empujón con el hombro. A pesar de lo frágil que parecía, su cuerpo estaba muy duro, aquel pequeño roce fue suficiente para hacerme más daño del esperado, pero contuve el instinto de llevarme la mano al brazo para no parecer débil. Rápidamente dispuso todo para encender un fuego. En un cántaro hecho de barro tenía un montón de yesca seca. Cogió un puñado y lo ordenó de tal manera que la llama pudiese respirar. Sobre ella apiló leña con esmero. No necesitó más que otro puñado de hojas y un pedazo de vidrio pulido, para generar con gran pericia una pequeña brasa que introdujo cuidadosamente en la hoguera. En unos minutos ya estaba cocinando.

Aquel pescado sabía como el mayor de los manjares

que jamás hubiese probado. Casi podía notar las proteínas reparando mis músculos. Era jugoso, tierno. Ni siquiera me molestaron las escamas o las tripas a pesar de lo escrupuloso que había sido siempre. Me lo terminé entero antes de que el otro comensal pudiera siquiera tragar el primer bocado.

-Has estado inconsciente veinticuatro horas. Creí que no sería capaz de controlar la fiebre. ¿Cómo te llamas chico?

En ese momento, en que lo tenía más cerca, me pude fijar en los detalles. Probablemente tendría unos cincuenta años, aunque quizá menos pues estaba muy desmejorado por el sol. Bajo el bigote, una dentadura muy sucia con pocas piezas en su haber. Tenía muchas y muy profundas arrugas alrededor de los ojos, que me observaban muy abiertos.

"Al despertar estaba bajo techo, un lecho de hojas de palmera entrelazadas."

-Pedro. Me llamo Pedro.

- Encantado de conocerte Pedro. Te encuentras en un pequeño islote cerca de la costa de Malta, del que no podrás salir jamás. Así que mejor que nos llevemos bien.

Tardé en reaccionar ante lo que acababa de decirme.

-¿Pe...perdona?, ¿cómo que no podré salir?, ¿a qué te refieres?

Sonrió levemente antes de contestar.

-Lo que has oído amigo Pedro. Llevo aquí encerrado 10 años. No estamos cerca de ninguna ruta marítima, no he visto pasar ni una triste avioneta. Tengo señales esparcidas por toda la isla, atalayas preparadas por si viera aparecer alguna embarcación..., pero sinceramente, ya me he resignado a morir aquí. Tú eres mi rayo de esperanza, contigo aquí al menos alguien me enterrará cuando fine. Tenemos mucha suerte, amigo.

Una gran sonrisa marcó todos los surcos de expresión de su cara, incluso me pareció notar un intento de aproximarse para abrazarme, pero enseguida abortó, como si la idea del contacto con otro ser humano le repugnara.

Los días se sucedían interminables. El sol abrasador del verano destrozó mi vestimenta, que pronto lucía envejecida y hecha girones como la de mi compañero. La rutina de vida era realmente agotadora y monótona. Por las mañanas íbamos a pescar. Aprendí muchísimo sobre técnicas improvisadas que con el tiempo habían ido siendo refinadas hasta ser suficientemente efectivas. Una serie de trampas en cadena con forma de embudo aprovechaban el movimiento de las mareas para atrapar en su interior peces que eran atraídos por un cebo. Cada artilugio pescaba una media de un pez o dos por semana, multiplicado por las decenas de ellas nos daba suficiente comida para satisfacer nuestras necesidades de proteína. Pero no quedaba ahí la cosa, una dieta solo a base de pescado y agua no era suficiente de modo que teníamos repartidos centenares de lazos por toda la isla que solía atrapar pequeños roedores con los que darse un festín cárnico de vez en cuando. A esto sumamos los reptiles de tamaños variados que cazábamos. Recolectábamos también plantas comestibles que aunque no eran abundantes, sí aparecían en nuestros largos paseos.

No parecía haber estaciones en la isla, cosa harto extraña, puesto que en el enclave en que nos situábamos, lo lógico hubiera sido que el clima siguiera el mismo patrón que Malta, el lugar más próximo. Ni invierno, ni primavera, ni otoño. Sólo un interminable verano. Dejé de contar los días a los pocos meses, pero estoy bastante seguro que pasamos viviendo así al menos quince años, aunque el tiempo tiene sus propias reglas en la isla. No podría asegurar nada.

La tranquilidad se vio truncada cuando una mañana me despertó el sonido atronador de la bocina de un barco pesquero. Fondeaba en la bahía seguramente víctima de una avería, buscando algún sitio en el que poder realizar las reparaciones pertinentes. Corrí hacia allí como alma que lleva el diablo tratando por todos los medios de ser visto, aunque el sonido que me había despertado era probablemente, el aviso de que iba a zarpar. Efectivamente, se encaminaba hacia mar abierto cuando llegué a la playa.

Grité desesperado, salté, me metí en el mar tratando de llegar a alcanzar su estela, pero no fui capaz. Por mucho que me esforzara mi única oportunidad de escapar se hacía a la mar y me dejaba allí. Empapado y derrotado salí del agua y allí de pie, inmóvil y con la mirada perdida se encontraba el otro. Airado le grité:

-¿Por qué no has hecho nada?, ¿y las señales?, ¿y las atalayas? ¡Corre!, ¡hay que encender las atalayas!, ¡Que nos vean por dios, que nos vean!

-Es inútil chico, no mirarán atrás, no se les pierde nada aquí.

A trompicones, empecé una carrera a contrarreloj hacia lo alto de la isla. Dos estructuras de madera coronadas por sendos recipientes cerámicos se erguían en los puntos más altos de la isla. Cargados de yesca y aceite de pescado, que debían arder rápidamente y generar una gran humareda, para lo que teníamos una gran cantidad de hojarasca amontonada cerca.

El barco aún se veía a lo lejos, aún era posible conseguirlo. Aceleré el paso. Me ardían las piernas y los pulmones, mi respiración pasó de agitada a rozar la hiperventilación, pero no me podía detener. No estando tan cerca. Atado con una cuerda había un pedernal junto al cuenco, que pude golpear con algo de pirita que reservábamos para poder producir un fuego instantáneo en caso de tener que llamar la atención de un transporte. Ardió con fuerza y genero todo el gas esperado. La columna se elevó en el cielo a gran altura. Sería perfectamente visible a muchas millas náuticas de distancia, así que solo restaba esperar y cruzar los dedos.

Me desplomé junto al fuego a pesar del intenso calor. Rezaba a un Dios en el que ni ahora, ni por aquel entonces creía. Rogando ser rescatado, pero mi suerte no sería esa. El navío acabó desapareciendo en el horizonte y con él todas mis esperanzas de volver a la civilización.

-¿Cómo ha pasado esto?, le pregunté

-No lo sé, no me dio tiempo a reaccionar.

Por primera vez pude notar en su voz la avanzada edad que acarreaba sobre sus espaldas, no hay que olvidar que se trataba de un hombre próximo a los sesenta años que había vivido en una isla desierta durante más o menos veintiséis. Los huesos empezaban a dolerle, no tenía la misma fuerza, en definitiva la dura vida de náufrago había menoscabado su buena salud y hoy por hoy, no era precisamente ejemplo de vitalidad. Su mirada triste no asomaba ni una lágrima, incluso me pareció notar algo de resignación en sus acciones, como si le gustase la idea de morir sin volver a pisar una ciudad. Pero fue otro detalle el que me dejó con la mosca detrás de la oreja.

-¿Dónde estabas?

-¿Qué?

-¿Dónde estabas cuando fondearon?, no estabas durmiendo ¿Dónde habías ido?

Tardó bastante en contestar. Si hubiera dicho categóricamente que estaba pescando, o recolectando o incluso con que hubiera respondido al momento con una grosería como era habitual en él, me habría quedado tranquilo y la cosa no habría ido a mayores, pero la interminable pausa y su explicación posterior me hicieron sospechar desde ese momento que aquel hombre ocultaba algo importante.

-Estaba buscando comida, ¿dónde iba a estar?

No dije absolutamente nada, me di la vuelta y me fui lleno de rabia a pasear, lamentándome por la pérdida de esta gran oportunidad. Pateé cada roca que encontré hasta hacerme una herida en el empeine. Después tiré piedras al mar con todas mis fuerzas, pero no fui capaz de calmar mi frustración. Me encontraba ante la situación más desesperante de todas las que había vivido hasta el momento. Con solo haberme despertado cinco minutos antes…, con haber escuchado algún ruido, alguna señal de la presencia de foráneos, todo hubiera sido diferente. No obstante, ahí estaba yo, de nuevo atrapado en mi prisión en mitad del Mediterráneo, planeando la

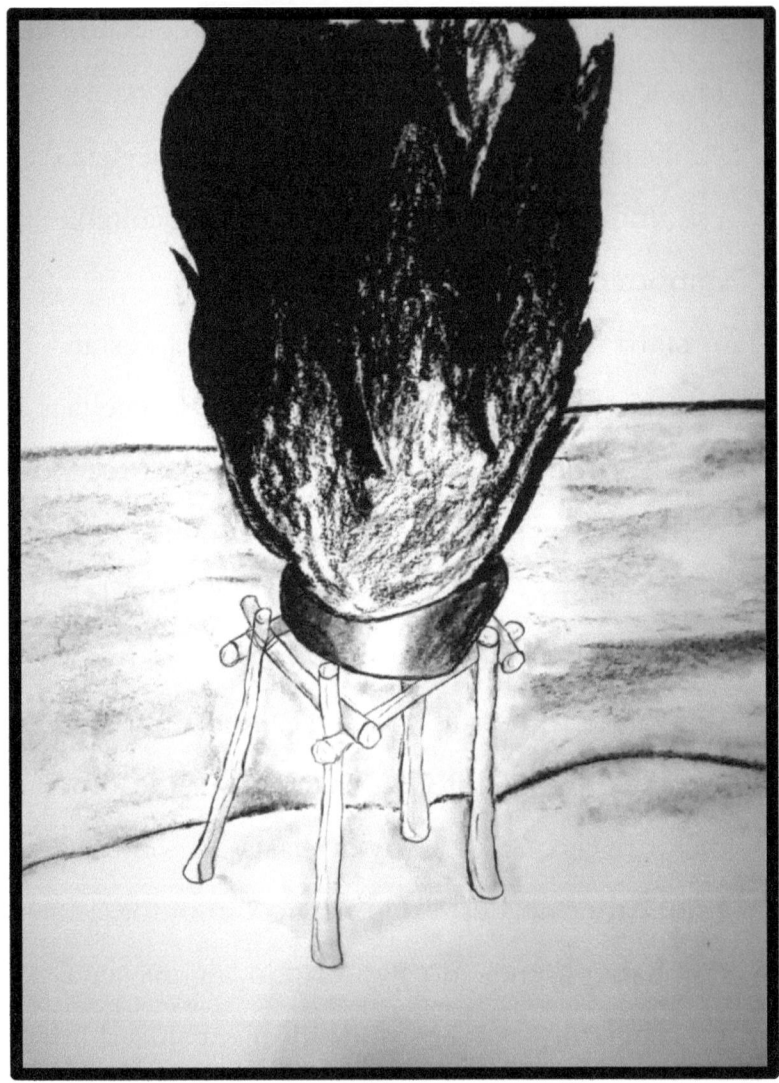

"Sería perfectamente visible a muchas millas náuticas de distancia."

próxima oportunidad, dándole vueltas y más vueltas a cómo no cometer los mismos errores.

Esa noche me fui a dormir tarde inmerso en mis pensamientos, no aparecí por el campamento hasta bien entrada la madrugada y cuando llegué mi compañero ya estaba roncando a pierna suelta en su refugio. Siempre dormía totalmente tapado hasta la cabeza para evitar las picaduras de los mosquitos. Me había recomendado en más de una ocasión que hiciera lo mismo, pero necesitaba poder respirar aire fresco, no soportaba el aroma de mi propio aliento por la noche, rebotando en cualquiera que fuese la película que usara para resguardarme. Me tumbé totalmente abatido, con la esperanza de que el cansancio físico bastara para iniciar el sueño, aunque por desgracia no fue así. En mi mente se agolpaban recuerdos de mi vida pasada, de mi compromiso con Irene, de la boda, de los hijos que nunca llegaría a tener. Me venían imágenes de mi familia, me preguntaba cómo se habrían tomado mi desaparición, si habrían estado tristes, cómo habría sido nuestro funeral. Pronto asomaron los primeros rayos de sol, el rocío se había acumulado como tantas veces sobre los colectores y me levanté de un salto. Obviando el desgaste de una noche en vela, tomé la determinación de seguir adelante. No podía dejarme arrastrar a la desidia pues había mucho por hacer en nuestra rutina de supervivencia. Antes de que el viejo se hubiese despertado ya había comprobado todas las trampas terrestres y marítimas y volvía a casa con el botín para ofrecerle el desayuno de la concordia. No lo vi, estaba metido dentro de su habitáculo en cuclillas. Sostenía algo con firmeza y se balanceaba de adelante para atrás. "No soy el único que se arrepiente de lo de ayer", pensé.

Pero a medida que me acercaba pude comprobar

que algo no andaba bien. El suelo estaba salpicado de sangre. Litros de sangre que salían del cuello de aquel señor que se agarraba la garganta con todas sus fuerzas, mientras emitía grotescos sonidos guturales. En el suelo, el arma utilizada reposaba todavía caliente, tras haberse asestado un corte en la yugular. Me miró aterrorizado y con lágrimas de un color rojo brillante, fijó sus ojos en los míos y muy despacio, con mucha claridad, vocalizo:

-Lo siento.

Nunca llegó a decir su nombre, nunca. Se desplomó a mis pies convulsionando por la enorme pérdida de fluidos vitales y en pocos segundos su vida se apagó completamente, dejando el cadáver pálido, amarillento, totalmente embadurnado y sucio, de una persona que había sufrido más que nadie que haya conocido en toda mi vida. Más incluso que yo mismo. Me entristecí por la pérdida, pero más que por el hecho de ver morir a un amigo, porque estaba convencido de que tarde o temprano compartiría su mismo destino. Estaba absolutamente seguro de que acabaría quitándome la vida en aquel lugar. Quizás no de la misma manera, seguro que nadie me daría sepultura como yo iba a hacer con él, pero para mí era una realidad que acabaría suicidándome en la isla.

Me sorprendí hablando para el vacío durante el funeral. Di un breve discurso que nadie escuchó, pero para mí fue reconfortante pronunciarlo en voz alta.

- El viejo. El viejo ha sido mi familia desde que acabé en este peñón rodeado de agua. El infierno ha sido menos infernal con él a mi lado y ahora que se ha ido, me doy cuenta de que empieza mi tortura. Por el momento tengo fuerzas para continuar. Aún no he dicho mi última palabra, pero tened por seguro que me rendiré antes o después. Si un hombre tan valiente y de tamañas habilidades lo ha hecho, seguro que yo también caeré víctima de la desesperación.

El suceder de los días se volvió extremadamente tedioso. No lograba encontrar nada que me distrajera y dejé que mis acciones se volvieran prácticamente automáticas. Traté de llenar cada hora de luz con tareas encadenadas. No quería pensar, que mi ánimo no se viese inmerso en un pozo del que no sería capaz de salir. Hasta que al fin, transcurridas varias semanas me vi lo suficientemente estable como para enfrentarme al hecho de ocupar el lugar del viejo. Su refugio era mucho mejor para las noches. Al tener el techo más bajo retenía mejor el calor de mi cuerpo, aunque intensificaba la actividad de los insectos. Me dispuse a recoger sus efectos personales. Nada fuera de lo común, aunque sí bastante útil. Me sorprendió sobre todo la cantidad de armas que había fabricado. Siempre andaba con un cuchillo hecho con una piedra afilada y un taco de madera que había tallado previamente, muy cómodo y ergonómico, pero en aquella habitación escondía todo tipo de machetes, flechas y lanzas, perfectamente organizadas. Me dispuse a sustituir el relleno de la cama, aún manchado de sangre, cuando noté que bajo todo aquel acúmulo de hojas secas y plumas de aves había otra cosa.

Un portafolio de cuero marrón. Uno de los pocos objetos manufacturados que había visto en la última década y media. Perfectamente resguardado a la acción de los elementos y escondido con celo para que nadie pudiera encontrarlo. Entre temeroso y curioso, desaté el nudo de la cinta de tela que unía las dos partes, dejando a la vista el gran secreto que escondía.

Informes, números incomprensibles, cuentas bancarias, una serie de papeles que no tenían ningún

"El viejo ha sido mi familia desde que acabé en este peñón rodeado de agua."

sentido para mí, aunque sí repetían una y otra vez el mismo nombre: Héctor Sánchez. Perdida entre aquel batiburrillo de información hallé una fotografía. Parecía de la época en la que el viejo había sido un miembro útil de la sociedad y retrataba a un hombre bastante obeso y calvo, vestido con un impecable uniforme militar plagado de condecoraciones, que sonreía alegremente en una mesa, rodeado de comensales que aparecían solo parcialmente. Era evidente que la foto quería centrarse únicamente en aquel caballero que deduje que sería el tal Héctor Sánchez.

Traté de descifrar aquel misterio durante varias horas. Al menos sirvió para distraerme de mí día a día y conseguir fijar mis esfuerzos en algo que no fuera únicamente seguir respirando. ¿Quién sería Héctor Sánchez?, ¿por qué guardaría el viejo tan celosamente sus informes? Elucubré, inventé, me creé mi propia película de narcotraficantes y espías, de comunistas y americanos en la guerra fría...

Absorto en mi investigación, no me percaté de que una segunda fotografía caía de entre todos los folios. Cuando la vi, me dio un vuelco el corazón. Se trataba de Irene. Mucho más joven de lo que yo la había conocido, pero indudablemente ella. Su cara apenas había cambiado desde la adolescencia. Se la veía feliz, mirando al objetivo como solo ella sabía hacerlo, casi como si tratara de embelesar al fotógrafo. Estaba bellísima. No pude evitar llorar al ver la preciosa cara de mi mujer, aunque fuera de cuando solo era una chiquilla, después de dieciséis años malviviendo, después de haberla perdido de la manera más estúpida posible, justo cuando empezábamos nuestra vida juntos.

Un momento..., ¿qué coñ...?, ¿Por qué había una foto de Irene en ese lugar? Apresuradamente le di la vuelta en busca de alguna inscripción y efectivamente, había algo escrito en la cara posterior de la imagen.

"Allá donde vayas, recuerda que tienes que volver a casa, papá. Te quiere, tu hija"

No daba crédito a lo que veían mis ojos. Irene siempre me había dicho que su padre estaba muerto. Que había fallecido víctima de una penosa enfermedad. ¿Sería mentira?, ¿sería posible que el viejo fuese su padre? Empecé a atar cabos. Recordé cuánto empeño había puesto en la organización del viaje de novios, los mapas, las carpetas y libretas llenas de apuntes y de coordenadas. Ella decía que le gustaban esas cosas y que solo quería un viaje perfecto, pero yo sabía que era demasiado ímpetu para un simple viaje de ocio. No quise hacer caso y seguí disfrutando de los momentos previos a la boda. Me vinieron a la mente las horas que se pasaba en el ordenador cada noche escudriñando los mapas del satélite, todos los atlas llenos de anotaciones de su librería. En ese momento vi claro que había estado buscando algo durante muchísimo tiempo. ¿Sería a su padre?, ¿es posible que todo hubiera estado orquestado para venir precisamente a este punto?, y si era así, ¿por qué no lo había dicho abiertamente?, ¿por qué el secretismo?

Tantos interrogantes juntos me abrumaron y decidí ir a dar un paseo. Terminé frente a su tumba y con lágrimas en los ojos, le pregunte qué pasaba. Se hizo de noche. Volví al campamento cabizbajo, tratando de imaginar en qué situación del futuro todo esto se convertiría en no más que una simple anécdota.

El día amaneció tranquilo como tantos otros, la temperatura era agradable, los pájaros me obsequiaban con su habitual canturreo, incluso me encontraba descansado, dispuesto a empezar mis quehaceres revisando las trampas marítimas. Me desperezaba estirando los brazos por encima de mi cabeza cuando un estruendo me sobresaltó. Algo había caído y se había roto, probablemente algún cuenco de barro o similar. Me recuperaba del susto cuando oí algo a lo que no estaba acostumbrado. Voces. Voces humanas a mí alrededor, gritando, dando instrucciones. No supe qué hacer, simplemente me quedé inmóvil esperando a que me localizaran.

-¡Aquí está!

Una mujer me apuntaba con un arma larga. Vestida de camuflaje, con todo el equipo de asalto que vemos en las películas. Permaneció impasible unos segundos, sin dejar de apuntar a mi cabeza con su rifle, escudriñándome en absoluta tensión, atenta a cada uno de mis movimientos. En seguida llegaron dos compañeros más, todos uniformados exactamente igual que ella. Hablaban pero no fui capaz de entender nada pues unas mascarillas con filtros amortiguaban todo sonido que salía de sus bocas. Muy probablemente estarían usando algún tipo de comunicador. La mujer me hizo un gesto para que me levantara y obedecí en el acto, lo último que quería era poner nerviosos a tres soldados armados hasta los dientes. Me hizo caminar lentamente hacia la entrada del refugio. Fuera había un todo terreno del ejército. Estaba perfectamente limpio y listo para la acción, cargado con una ametralladora. No pude ver nada más pues alguien se acercó por detrás, me tapó los ojos con un trapo o algún textil de color negro y me empujó maniatado, dentro de la parte trasera del coche.

No creo que recorriéramos ni un kilómetro, no me había dado tiempo a percatarme de la gravedad de la situación, cuando otro estruendo hizo que saltara de mi posición de golpe. Algo había explotado cerca. Nunca había escuchado nada similar, un ruido tan intenso que pude sentirlo incluso en la piel, no hablemos el vuelco en el estómago ni el dolor en los oídos. Solo podía escuchar un agudo pitido mientras, aún inmovilizado, luchaba por incorporarme como si fuera una cucaracha que lucha por ponerse boca abajo. Alguien me agarró con fuerza del brazo, notaba como cinco dedos se clavaban en mi carne y tiraban con muchísima fuerza hacia fuera. Caminé obligado a lo largo de varios metros y volvieron a empujarme con fuerza dentro de otro vehículo a motor, que arrancó enseguida.

Entre la falta de percepción auditiva y la luz que me cegó cuando me quitaron el vendaje, estaba tan aturdido que lo único en lo que pensaba era en no orinarme, pero a medida que mis pupilas se fueron contrayendo, distinguí otra serie de personas completamente distintas a las que me habían secuestrado la primera vez. Cortaron la cuerda de mis muñecas, trataron de reconfortarme hasta que por fin empecé a escuchar sus voces.

-Estás a salvo, tranquilo.

No contesté, únicamente asentí con la cabeza

tratando por todos los medios de que no se percataran del intenso miedo que se había apoderado de mí.

-Somos agentes del gobierno estadounidense, te has visto implicado en una trama que dura ya demasiados años. No podemos darte ahora mismo todos los detalles, pero somos los buenos, te estamos rescatando.

Me lo creí, ¿qué iba a pensar?, los otros tres soldados me cogieron, me empujaron de malas maneras y ahora otros tres individuos decían estar rescatándome de los anteriores. Me sentí relajado. Aquellas eras las primeras personas aparte del viejo que veía en dieciséis años, era para sentirse relajado, aliviado y feliz. No podía creer lo que estaba ocurriendo.

-¿Me vais a sacar de aquí?

-Sí, nos vamos Pedro, nos vamos.

La felicidad fue tan intensa que ni siquiera reparé en

el hecho de que sabían mi nombre. No pude reprimir las ganas de gritar, reír, abrazar a aquellos desconocidos uno a uno y gritar a los cuatro vientos lo agradecido que estaba. Ellos me devolvían la sonrisa. Era evidente que también se alegraban de haber cumplido exitosamente su misión.

Cruzamos toda la isla hasta llegar a una cala en la zona sur. El mismo punto en el que había fondeado el barco pesquero hacía un tiempo. Allí estaba exactamente el mismo. Lo recordaba con claridad, el mismo casco, la misma forma, era el mismo. No podía comprender nada.

-Este barco ya había estado aquí antes…, -les dije.- ¿Al final visteis mis señales?, ¿por eso estáis de vuelta?

-Vamos a bordo, allí lo entenderás todo.

-Pero, es que no lo entiendo, ¿por qué no nos recogisteis el mismo día?, ¿cómo es que sabéis mi nombre?

-Por favor no preguntes más. Te he dicho que lo entenderás a bordo.

Elegí obedecer elegantemente antes de que su tono se tornara más autoritario y callé el resto de viaje. La euforia inicial se tornó en preocupación, pero no tanta como para renunciar a la gran oportunidad que se me estaba ofreciendo. Iba a salir de la isla. No me importaba ni a dónde iba ni con quién, solo sabía que iba a subirme a un barco y que, si podía evitarlo, jamás volvería a viajar.

En cubierta se podían ver redes y aparejos de pesca, lo cual era evidentemente incoherente, puesto que lo tripulaban soldados uniformados. Nada encajaba del todo en aquel sitio. ¿Por qué estas personas navegaban en un pequeño pesquero en lugar de en una fragata de guerra? Además, no había tripulación; los tres soldados que me habían rescatado y otro más haciendo labores de mantenimiento. Me llevaron directamente al puente donde, a los mandos estaba otro hombre vestido de la misma forma. Era alto, de porte atlético, con el pelo muy corto y perfectamente afeitado. Esperó a que estuviéramos todos sentados en una pequeña mesa en la parte de atrás del habitáculo antes de siquiera girarse para mirarme. Cuando se dio la vuelta, pude ver la cara de un hombre de unos sesenta años, muy arrugado, pero con la vitalidad de un joven de treinta que se acercó mirándome directamente a los ojos.

-Eres Pedro Núñez, viudo de Irene Montalván, yerno de Javier Montalván o como tú lo conoces, "el viejo".

-Entonces es cierto, el viejo era el padre de mi esposa.

-Si Pedro. Lamento decirte que te has visto inmerso en una trama que lleva más de treinta años sin resolver y que ya dábamos por imposible.

No dije nada, simplemente le sostuve la mirada a la

espera de que terminara con las explicaciones de tal forma que yo tuviera tiempo de organizar mis preguntas.

-Bien, esta es toda la verdad. Hace treinta años estábamos tras la pista de un narcotraficante boliviano llamado Héctor Sánchez.

-El hombre de la foto. -Interrumpí.

-Exacto, el hombre que Javier estaba investigando. Ocurrió algo, no supimos inmediatamente qué había sido hasta que fue demasiado tarde. Javier desapareció de la faz de la tierra llevando consigo algo de muchísimo valor. Unos informes que contenían una serie de contraseñas cifradas, que daban acceso a las pruebas de que Héctor Sánchez se dedicaba al tráfico de drogas entre Bolivia y EEUU. Buscamos a Javier durante una década, pero no fuimos capaces de localizarlo y desistimos de la búsqueda, hasta hace un par de meses.

-Cuando estuvisteis aquí.

-Eso es Pedro, estuvimos aquí tratando de rescatarlo, pero él se negó a venir. Dijo que prefería morir en la isla, que no había nada que le hiciese volver a la civilización, de modo que le avisamos.

-¿Avisarle?

-Héctor también lo había encontrado, sus soldados venían hacia aquí para llevárselo a la fuerza, matarlo, o sabe dios qué querían hacerle. Pero le dio igual, por lo que tengo entendido, ese mismo día se suicidó. No sin enviar un último mensaje por radio.

-¡Espera!, ¿había una radio?, ¿llevo 16 años en la isla y me estás diciendo que había una radio?

Una oleada de ira incontrolable me hizo levantar la voz mucho más de lo que hubiera querido frente a unos individuos de esa calaña, pero el capitán, o jefe o lo que fuera aquel hombre, siguió hablando sin inmutarse.

-Javier era una persona muy meticulosa, da igual los años que hayas pasado con él. Si no quería que supieras algo no te ibas a enterar, eso te lo garantizo. Zanjado este tema continúo. Informó por radio de tu presencia, diciendo quién eras y qué hacías allí. Y respondiendo a tu próxima pregunta sí, sabía perfectamente quién eres tú y sí, sabía que la mujer que enterró hace 16 años era su hija. No quería que los hombres de Héctor te encontraran de modo que nos avisó para que viniéramos a recogerte. Por desgracia cuando llegamos ya te habían secuestrado así que tuvimos que usar la fuerza.

-Pero entonces, ¿mi llegada a la isla fue cosa de Irene?

-La hija del viejo era tan lista como su padre. Sabía que andaba por ahí escondido y aunque la tuvimos durante varios años bajo vigilancia, desistimos y dimos por muerto a Javier. Fue tras su desaparición en el Mediterráneo cuando empezamos a atar cabos, pensamos que le andaba buscando y que por fin había dado con algo. Como nunca se localizó su cuerpo, empezamos a buscar. Por desgracia y como ya he dicho, era muy lista y borró sus huellas demasiado bien. Tanto que hemos tardado 16 años en localizar el lugar exacto.

-¿Tan importantes son esos papeles?, treinta años para localizar unos papeles me parecen una exageración.

-A nosotros eso no nos importa en absoluto, solo cumplimos órdenes. El caso es que después de todo logramos volver y sacarte a salvo, y que hemos recuperado las pruebas. Lo que venga después ya no es asunto tuyo.

-¿Y ahora?

-Oficialmente estás muerto, no podrás volver a utilizar tu nombre ni a tu casa. Se te facilitará una nueva identidad y te enviaremos a un destino a empezar una nueva vida. Pero nadie debe saber que te llamas Pedro Núñez ni que estuviste casado con una mujer llamada Irene, ni nada sobre tu procedencia real. Te vigilaremos durante una temporada y si vemos que rehaces tu vida te dejaremos vivirla en paz.

No sabía cómo reaccionar ante aquello. Sí, escapé del infierno, pero no para volver con los míos, sino para inventarme otra vida completamente nueva. Asentí. No creí que tuviera más opción que tragar con todo lo que me estaban contando.

A día de hoy soy Jorge Vázquez y vivo en México. Trabajo en un supermercado viendo pasar los días, ateniéndome a las rutinas marcadas por la sociedad. Gano dinero, lo gasto en lo que quiero, no he tenido demasiados problemas para hacerme a la idea de esta nueva etapa. Pero mi historia quedará escrita en estas páginas guardadas a buen recaudo hasta que alguien, algún día las lea y sepa que en realidad fui Pedro Núñez y sobreviví dieciséis años en una isla desierta.

La isla hotel

Escanea el código para escuchar la canción.

02 - Cape Town.

Cape town

"Catorce mil kilómetros nos separaron, tuvimos que adaptarnos a vivir. Sin conseguir un solo roce de tus labios, los míos se agrietaron de pedir.

¡Haz menguar la distancia y yo prometo serte siempre fiel!

¡Quiero ser un águila que pueda sin peligro recorrer!

Catorce mil kilómetros nos separaron. Tuvimos que aprender a fingir que el aire puede transportarnos.

Que puedo perseguirte a través de los cielos.

Las nubes alfombraron mi camino de vuelta a ti.

Que no hay razón para el miedo, más tarde o más temprano el viaje llega al fin".

Cape Town

Esta canción fue compuesta casi en su totalidad, durante las catorce horas de avión que separan los aeropuertos de Johannesburgo y Ámsterdam. En una muy deseada vuelta a casa tras un periodo de trabajo en el extranjero.

"...que puedo perseguirte a través de los cielos,

las nubes alfombraron mi camino de vuelta aquí,

que no hay razón para el miedo

más tarde o más temprano, el viaje llega al fin".

Está dedicada a mi esposa, que en ese momento estaba embarazada de mi primer hijo.

Cape Town

Escanea el código para escuchar la canción.

03 - Bestia total.

"Síguelos, no pierdas la oportunidad de regresar a casa,

victorioso y a lomos de un dragón.

Tocarás estrellas con la espada y el brillo de tus ojos

infundirá temor.

Bestia total, feroz rugido que asusta.

Mis pies no paran de temblar.

Me salvarás si en un instante mis miedos me pudieran

conquistar.

En tu valor se encuentra la respuesta, la clave del control.

El ser tu propia fiera es la solución

Bestia total, feroz rugido que asusta.

Mis pies no paran de temblar.

Me salvarás si en un instante mis miedos me pudieran

conquistar".

Bestia total.

La imaginación de un niño, el mejor campo de juegos.

La ilustración evoca un recuerdo de mi infancia en el que, con ayuda de mis padres, una caja de cartón se convirtió en la armadura más resistente y en la espada más afilada. Ambas se fueron las herramientas más poderosas para ocuparme del fiero dragón que acabó siendo mi fiel corcel alado. Juntos, vivimos increíbles aventuras por las huertas frente a nuestra casa. Comiendo tomates, cazando babosas gigantes, luchando contra cardos malignos…

La felicidad de un niño capaz de montar esa clase de películas en la mente no se puede comparar con nada.

Hoy, son mis hijos los que con ayuda de sus padres, convierten una caja de cartón en una pista de carreras, dos mantas en un castillo inexpugnable o la mesa del salón en un refugio en el que leer cuentos o pintar sus propias cruzadas en papel continuo.

Bestia total.

Escanea el código para escuchar la canción.

06 – La meta.

"¡Corre, no te pares, huyes de aquí!, llegarás a donde
quieras.

Donde tus proezas no tengan fin y todo el mundo hable de
ti.

Tu foto en la prensa ocupará las mejores exclusivas.

Déjate ya de tanto soñar y prepárate a triunfar.

A tu espalda, puñales y medallas que se clavan, no dejas de

sangrar.

Tú me dirás, si merece la pena esta batalla que te empeñas

en librar.

¡Corre no te pares, huye de aquí!, nadie extrañará tu

sombra.

Y si tus fantasmas te hacen sufrir, ¡déjalos venir!

Tu foto en la prensa ocupará las mejores exclusivas.

Déjate ya de tanto soñar y prepárate a triunfar.

A tu espalda, puñales y medallas que se clavan, no dejas de

sangrar.

Tú me dirás, cuando veas la meta, tu carrera está a punto

de acabar."

La meta.

Oscura ciudad, robas mi energía.

Vacías avenidas.

Transitar no es misión para cobardes.

Inhibes mi emoción, devoras vidas,

Ocultas todo el arte.

.

Déjame escapar de tu enredadera,

termina con mi dolor,

y que ahogada mi esencia no muera

en décadas venideras, en celdas

revestidas de hormigón.

Hipnotizado por el brillo sutil

de luces y de fiestas,

sus avisos me parecieron festín

de quejas y de lamentos, a fin

de vender su pena.

Mas no era tal la intención, sino que ella

quiso ser salvación.

Y no aceptando un no por respuesta,

me arrastró lejos, hacia las estrellas.

Lugar donde no hubiera

ni distracción, ni obligación desierta.

País de Nunca Jamás,

mi alma llega con intención sincera

de que la estancia sea productiva

y también duradera.

La meta.

Escanea el código para escuchar la canción.

01 - La casa del terror.

"*Bienvenidos a la casa del terror, sus paredes estrechan un cerco. La mirilla del francotirador aún se ríe del crimen perfecto.*
Bienvenidos a la casa del terror, sus paredes estrechan un cerco. No seáis tímidos, pasad hasta el salón que os esperan mis huesos sonriendo.

Dejad que descanse en paz, ahora la venganza no ha lugar.

Rey en su trono ancestral, descansará la eternidad".

La casa del terror.

Nací y morí en esta casa. Sus paredes, que antes resguardaban el intenso amor de mi familia, ahora están marchitas y resquebrajadas. Se han convertido en la cárcel que mantiene encerrada mi alma inmortal en su eterno y a mi juicio, inmerecido castigo. Pero no me toca a mí discernir si este ha sido o no apropiado, ni seré de esos que se enzarzan en una guerra sin cuartel contra el universo con la autocompasión por bandera. Simplemente trato de dejar constancia ante quien quiera ser testigo, de mi historia.

Nací y morí en esta casa. Hasta aquí todo cuanto pueda contar carece de relevancia. Persona normal, pecados normales, vida mediocre. Lo interesante viene tras mi defunción en mi propia cama.

Solo y sin nadie que me retirara y me diera digna sepultura me fui corrompiendo lentamente.

Primero mis músculos menguaron hasta dejar mi piel en contacto con mis huesos, todo mi ser se transformó en un amasijo irreconocible. Por la rendija bajo la puerta de la habitación entraba una corriente de aire que me erosionó arruinando la simetría. Cualquier atisbo de dignidad se había ido al traste al pasar un par de meses, pues mi figura al principio sobria y elegante, se asemejaba más a la de una momia con raquitismo y dientes enormes, que a la del entrañable anciano que había sido.

Cada molécula desprendida quedó flotando en el ambiente viciado de aquel habitáculo, acumulándose en las paredes, en el techo, en los armarios, incluso en mi antigua ropa. Ligándose para siempre a la estructura del que fue mi hogar.

Con el tiempo empecé a sentir nuevas extremidades. La red de tuberías era ahora mi sistema digestivo, la eléctrica el nervioso, los ladrillos y vigas mis huesos y músculos y los llanos que los cubrían, mi piel.

Nací y morí en esta casa y renací como ella misma, anclado a sus cimientos y preso en su interior.

Fastuosa condena el observar una y otra vez moradores en mí. Parásitos, alimañas que se empeñaban en campar a sus anchas, ordenando y decorando a su antojo, eliminando cada recuerdo que pudiera mantenerme cuerdo. Luché con todas mis fuerzas para que se fueran. Grité, rogué, lloré, maldije..., pero todo fue en vano, pues nadie notaba mi presencia.

Exasperado, opté por lo único que al parecer me estaba permitido. Resignarme y dejar que destrozaran mi organismo adquirido con reformas inútiles y mejoras subjetivas, pues aquel edificio había alcanzado la perfección en la simbiosis con un alma inmortal que velara por su integridad.

Los días pasaron a ser minutos. Aquellos inquilinos empezaron a moverse a toda velocidad ante mis ojos, como hormigas que corretean atareadas de un lado a otro, hasta que perdí la perspectiva y ya ni siquiera era capaz de captar su día a día. De modo que me aburrí de mirarlos.

Aletargado, dejé que el tiempo me fuera consumiendo y lo que al principio fue molesto se convirtió en rutina. Unos habitantes se iban y otros venían, pero a mí ya no me importaba lo más mínimo. El cosquilleo de sus minúsculos zapatos en mi envejecida piel era lo único que alteraba tímidamente mi sueño, como si se tratase de una mosca revoloteando sobre mi cabeza durante la siesta tras una pesada comida. Sencillamente era incapaz de actuar al respecto.

Pero algo frenó en seco mi viaje a través del tiempo. Noté incluso la inercia que arrastró de golpe mi consciencia a la entrada principal y allí, estupefacto y con la adrenalina por las nubes floté unos segundos tratando de orientarme. El chirrío de mis bisagras resonó por todas partes, ¿cuánto había dormido? La capa de polvo era cuantiosa. A penas podía ver a la familia de turno que venía a infectarme. Un padre, una

madre y un hijo deambulaban sin descanso como tantos antes, pero se paralizaron en cuanto el cuarto miembro de la familia tocó mi suelo. Un pequeño punto de pura energía se manifestó en la región en la que debería haber estado mi vientre. Al principio cálido y reconfortante, pero al instante tremendamente doloroso. Crecía. Tenía su propia fuerza de atracción. Era como si aquel diminuto lugar del espacio arrancara de las paredes colindantes todas las infinitesimales partes de mi espíritu, las aglutinara a su alrededor y las compactara de forma que, con una aceleración exponencial se generó de dentro a fuera la imagen que conservaba de mí mismo.

"se paralizaron en cuanto el cuarto miembro de la familia
tocó mi suelo."

Invisible a todos excepto para aquella cría, que no se inmutó para nada durante el proceso, a pesar de lo aterrador que le hubiese resultado a cualquiera.

Yo lo sentí absolutamente todo. Cada hueso regenerado se rompió una y otra vez hasta alcanzar la longitud adecuada. Cada órgano que inició su funcionamiento antes de haber estado completo fue como si me partieran. Cada bello que perforó mi piel para brotar fue el pinchazo de una aguja al rojo vivo.

Abrí la boca. Era imposible, pero mis fantasmagóricas cuerdas vocales emitieron sonidos audibles al menos para mí. Chillé con todas mis fuerzas. Tanto que temí desmayarme y al terminar la transmutación la presión en mi cuerpo descendió y me dejé caer lentamente hacia el suelo.

Cuando apoyé la punta de los dedos en el parqué no lo pude llegar a tocar, como si una barrera intangible me mantuviese próximo, pero sin poder llegar a contactar. Aun así adopté una postura erguida.

Me miraba. No cabía la menor duda. Clavó sus ojos en los míos en el mismo instante en el que entró y el tiempo volvió a transcurrir a un ritmo que ya no recordaba: segundo a segundo. Durante muchísimos de aquellos momentos nos escudriñamos, seguros de que éramos perfectamente capaces de percibirnos el uno al otro.

Inmóvil, desorientado y aterrorizado, cogí aire para articular un cordial saludo, pero ella se abalanzó hacia mí.

Pude verla de cerca. Tendría unos ocho o nueve años, era rubia, muy guapa. Unos enormes ojos marrones coronaban su inocente rostro que derrochaba energía y simpatía. Sus labios eran carnosos y su sonrisa hubiera alegrado el corazón de cualquiera. Con una grácil cabriola logró esquivarme mientras su falda volaba tras ella.

Cruzó el recibidor en un abrir y cerrar de ojos.

Nunca he estado particularmente orgulloso de esa estancia. Del mismo modo que otros pensaban que debía ser la más lujosa de la casa, para mí siempre fue una pérdida de espacio útil. De sus muros colgué los cuadros que menos me gustaban, pues sabía que rara vez me molestaría en pasar más tiempo del absolutamente necesario allí y dediqué mi atención a los cuartos que realmente la merecían. Sobre todo, el salón principal donde, por cierto, se dirigía.

Solo pude hacer el amago de voltearme para perseguirla pues en cuanto el último pelo de su larga melena cruzó el umbral exploté.

A día de hoy aún no estoy seguro de cómo fue el proceso, puede que cada célula de mí mismo volviera a ocupar el lugar que le correspondía en la casa, o puede que se generara una reacción altamente exotérmica y liberara energía de ese modo. El hecho es que perdí el aspecto que había recuperado con tanto sufrimiento.

Como si una aspiradora gigante me succionase, mi consciencia llegó al salón donde se reinició la reconstrucción.

A penas me materialicé y la niña ya se había puesto en movimiento hacia el piso superior y yo volví a deshacerme. Su vitalidad era agotadora. Jugaba, saltaba, corría de un lado a otro sin parar. Era un castigo. Hasta que logré no separarme de ella más de unos metros. Siempre y cuando así fuera me mantenía estable.

Por fin, durante la cena pude descansar, pues toda la familia se reunió para disfrutar de una pizza y comentar los por menores de su nuevo hogar. Al padre no le gustaba nada la cocina, pues los electrodomésticos no le parecían de calidad y le daría la sensación de cocinar encerrado en una trinchera. En cuanto al chico, dejó caer en más de una ocasión su intención de colgar una serie de pósteres para "hacer habitable su cuarto", pero sus padres lo ignoraron deliberadamente. Tendría unos trece años, también rubio y de facciones duras, le asomaba un leve bigote bajo la nariz y parecía bastante contrariado. Cosas de la edad tan difícil que atravesaba supongo.

-A mí lo que más me gusta es este salón. Sentenció la madre mirando alrededor.

He de reconocer que la última plaga había hecho un trabajo excelente en la decoración. Vistieron mis paredes con un tono gris que hacía un gran juego de luces y sombras con los muebles lacados en blanco roto. Una moqueta de pelo largo preciosa, protegía al tiempo que adornaba y completaba una imagen moderna y muy elegante. Me dejé caer en el único mueble que aún permanecía desde los días en que yo vivía. Mi muy amada butaca. Cuántos libros habré disfrutado aquí sentado, pensé. Era una mecedora antigua muy cuidada, con una piel curtida y marrón, suave como el culo de un bebé y sin una sola grieta. Tenía el punto justo de balanceo y no hacía apenas ruido al moverse. Sí señor, una gran silla. Me di el lujo de echarme hacia atrás por los viejos tiempos, pero aquel movimiento hizo enmudecer a los comensales.

Ocho ojos reconocieron el lugar, seis de ellos estupefactos y dos se clavaron como espadas en los míos. Le bastó una mirada de reproche para dejarme perfectamente claro que debía ser discreto y que en absoluto estaba dispuesta revelar mi presencia a sus familiares.

- No has dicho nada Alma. ¿Qué te parece la casa?- el padre rompió el silencio y ella, con una interminable caída de ojos cambio radicalmente la expresión de su cara. Con la más encantadora de sus sonrisas contesto:

- Creo que me va a gustar vivir aquí.

90

Dieron por terminada la jornada y cada cual se fue a la habitación que había elegido para ser la suya. Por mi parte, yo me levanté con cuidado de no hacer ningún ruido y la intención de perseguir a Alma, pues no estaba dispuesto reventar de nuevo. Al llegar, cerró la puerta y no supe muy bien dónde colocarme. Un arrebato de vergüenza hizo que me escondiera tras la puerta del armario, en parte para no molestar, en parte porque me daba pánico asustar a la pobre chiquilla. Escuché cómo se cambiaba de ropa, se metía en la cama y apagaba la luz para dormirse.

- Puedes salir. -Susurró.

Atravesé la madera con la cabeza para echar un vistazo al exterior y me la encontré de frente con expresión de curiosidad, como quien mira a través del cristal de una tienda de mascotas y ve un gato o un perro que le parece bonito.

- ¿Cómo te llamas? -Preguntó con curiosidad.

- No..., no lo recuerdo...- Realmente no recordaba mi propio nombre. Hacía demasiado tiempo que era la casa, y olvidé todo lo referente a mi vida.

Cerré los ojos con fuerza tratando de hacer memoria, pero no logré nada más que una mueca muy ridícula de la que ella se rio a carcajadas. ¿Cómo he podido olvidarlo?, pensé.

- No te preocupes, os pasa a muchos.

- ¿Cómo?, ¿conoces a más como yo?

-En mi antigua casa había un niño, tampoco se acordaba de muchas cosas. Estaba muy triste porque no encontraba a su mamá.

¿Quién o qué era?, ¿cómo podía haber por ahí alguien que pudiera tener esta clase de capacidades? Por la casa habían pasado infinidad de personas y era la primera vez que me pasaba esto. Un millón de preguntas se agolpaban en mi cabeza y no era capaz de decidir cuál formular en primer lugar.

-Estoy muy cansada, ¿qué te parece si nos vamos a dormir y jugamos mañana? - Bostezó ruidosamente, se metió en la cama sin esperar mi respuesta y yo me quedé observándola toda la noche, agobiándome con más y más interrogantes. Aunque al menos, mientras estuviera cerca podía conservar mi forma.

La luz de la luna llena entraba por la ventana, inundando todo con un intenso brillo plateado. Paseé de un lado al otro durante horas tratando de poner orden en mi atribulada cabeza. Reconstruí los hechos una vez tras otra, pero no lograba sacar nada en claro y mi única fuente de información era una cría que dormía a pierna suelta en una de mis camas, tapada hasta el cuello y emitiendo una serie de graciosos ronquidos.

"Atravesé la madera con la cabeza para echar un vistazo al exterior y me la encontré de frente con expresión de curiosidad."

En uno de mis viajes mentales al pasado reciente, recordé con claridad un destello dentro del armario y caí en la cuenta de que el interior de una de las puertas estaba ornamentado con un espejo de cuerpo entero. A las anteriores "sanguijuelas" les había gustado mucho este detalle, pues podían verificar su aspecto antes de salir.

Inconscientemente abrí la puerta. Como mis pies, mis manos tampoco podían tocar objetos directamente, sino que siempre quedaba una película invisible que me separaba de ellos, como un guante que evitaba el roce, aunque me permitía mover lo que quisiera. El crujido resonó por todo el pasillo, pero por suerte mi descuido no despertó a nadie. Y ahí estaba yo en pie frente al espejo. Aquel hombre sí que lo recordaba con claridad. Era mi aspecto a los 30 años, con una poblada barba, pelo corto. La piel casi perfecta a pesar de la edad, solo se me marcaban algunas arrugas de expresión en el contorno de los ojos, marrones y grandes, que conquistaron a muchas mozas en su época. Alto y de complexión atlética vestía mi traje favorito, un conjunto de pana marrón muy elegante que solo me ponía en las ocasiones especiales, con mis zapatos de cuero marrón perfectamente lustrados. Me veía bien, estaba muy satisfecho conmigo mismo en aquel momento y me pareció estupendo recuperar aquella configuración. Sonreí y me senté en la silla del escritorio frente a la pared.

El amanecer duró muy poco y ella se despertó con el canto de los primeros pájaros. Desperezándose miró a todas partes, ubicándose y examinando la habitación bajo una nueva luz. Parecía feliz de estar allí, cualquier rincón le provocaba asentir complacida con lo que tenía a su disposición. Un brusco giro sacó sus pies que cayeron con fuerza exactamente encima de sus pueriles zapatillas de andar por casa. Rosas, con un pompón en la punta, parecían los cuartos traseros de dos conejos teñidos de fucsia. Otro tirón demasiado fuerte para las horas que eran la separó completamente del colchón y echó a andar con gracia, casi bailando por el pasillo.

- Vamos a desayunar Pipi.

¿Pipi?, vaya nombre me había puesto..., humillado me quedé con la palabra en la boca, mientras ella hacía golpear el pomo de la puerta contra la pared y desaparecía escaleras abajo.

Un momento. No había explotado. Después del suplicio vivido la noche anterior me sentía muy aliviado, pero a la vez esto suponía un nuevo interrogante que eclipsaba todos los que me asolaron durante la vigilia. ¿Por qué diablos ahora no exploto?, grité en mi mente y arranqué con paso firme en busca de Alma.

-No explotas porque estás totalmente recargado.

Me soltó la explicación sin yo haber abierto la boca, nada más entrar en la cocina. Estaba tomándose un vaso enorme de leche acompañado de unas rebanadas de pan con mermelada. No levantó la vista de su comida para contarme aquello, mientras yo miraba alrededor haciendo aspavientos, en busca del resto de los habitantes de la casa.

-Se han ido todos. Es normal, no te preocupes. Papá y mamá tienen mucho trabajo. Dejan a mi hermano a cargo de cuidarme, pero suele irse a pasear sin permiso. - suspiró triste. -Sé cuidarme sola.

- ¿Qué quieres decir con totalmente recargado?

- Como si fueras un móvil...- Guardé silencio esperando algo más conciso.- ¿No sabes lo que es un móvil? Entonces eres de los viejos. ¿Sabes más o menos en qué año moriste?

Continué con mi política de no declarar.

- Que callado eres Pipi. Mientras estés cerca de mí un par de horas al día no te pasará nada y podrás seguir siendo una persona. No sé por qué, pero os pasa a todos.

Se levantó de un salto dejando medio vaso y una tostada mordida, e hizo una señal con la cabeza para que la siguiera. Rebuscó entre un montón de cajas apiladas en el pasillo. Al fin, tras abrir no pocos embalajes y dejar todo el suelo lleno de plásticos y cartón, encontró lo que estaba buscando. Yo esperaba algún tipo de útil esotérico o algún manual de cómo ser un fantasma, pero solo era un estúpido sombrero. De copa y negro con una cinta de rafia roja mal anudada alrededor. Ella le limpió el polvo contra el pijama y me lo entregó sonriente.

- Hoy vas a ser Sir Pipi, caballero de la corte invitado a mi fiesta del té.

No recordaba mucho de mi vida, pero si algo tenía claro es que jugar a tomar el té rodeado de peluches, ni me entusiasmaba en ese momento ni jamás lo había hecho. No obstante, aquel infantil juego era mi primera interacción social en años, de modo que asentí y me encasqueté el complemento dispuesto a cooperar en lo que fuese necesario.

Duró toda la mañana. Pasé de ser Sir Pipi al bedel Pipi, pasando por el conejito rosa Pipi. Me puse cantidad de adornos de toda clase y tomamos té británico de fantasía en tazas invisibles. Estaba obsesionada con el protocolo y la realeza, conocía los nombres de los reyes, reinas y príncipes europeos. A pesar de ser agotador lo pasé bien poniendo voces y muecas con cada sorbo. A partir de ese día, dedicamos las mañanas a diferentes juegos de palacio, desde justas entre fornidos caballeros hasta bailes de princesas con zapatillas de cristal.

A la hora de comer llegaban los padres de sus respectivos trabajos y su actitud cambiaba radicalmente. No es que fuera una niña oprimida ni temerosa de sus progenitores, no es que viviera en un hogar roto ni en un ambiente de violencia o maltrato, pero su forma de actuar se volvía más reservada e ignoraba absolutamente mi presencia. Era evidente que tenía tablas en esto de interactuar con espíritus. El resto de la jornada solía transcurrir como el de una familia normal. Conversaciones intrascendentes y algún que otro divertimento. Yo compartía el tiempo con ellos con sumo cuidado de no interferir en sus actividades para no levantar sospechas. Si me sentaba, lo hacía en un lugar lo suficientemente sólido o si cogía un libro lo hacía en completa soledad. Las noches eran más tranquilas, al no dormir me dedicaba a leer o a deambular por la casa.

Pronto, estas distracciones se quedaron cortas y me busqué otras. Encendía la televisión y los ordenadores, cambiaba los muebles de sitio, incluso una noche me dediqué a pintar las paredes del desván.

Por supuesto sabía que notarían los cambios, que se percatarían de mi presencia. Alma no hacía más que avisarme de que tuviera cuidado, que sus padres no lo entenderían y que no me verían como ella, pero yo necesitaba más. Necesitaba ser visto, estar en la consciencia de algún adulto. La hora del té ya no era entretenida. No me malinterpretéis, había llegado a querer a aquella chiquilla con todo mi corazón. La trataba como si se tratase de mi propia nieta, pero no me llenaba. Anhelaba mantener contacto con algún otro ser humano y de hecho, lo conseguí.

Fue al cabo de varios meses. Se presentó en la casa otro ser especial, una anciana con la melena completamente blanca y desaliñada. Vestía harapos y a pesar de estar ciega a los objetos terrenales, fijaba su mirada velada en mi rostro. Yo era lo único visible para aquella mujer. El problema es que no me miraba con cariño ni curiosidad como Alma, sino que me observaba con mucho odio, como si quisiese hacerme explotar de un solo vistazo.

Entró en el salón, acompañada de la madre. Allí se encontraba el resto de la familia. La niña lloraba, protestaba, le suplicaba a la madre que no lo hiciera, pero enseguida la mandaban callar diciéndole que aquello era lo mejor.

La vieja sacó de su bolso un objeto metálico similar a una moneda desgastada. Era dorado y pequeño, pero su fuerza me arrastró haciendo que cayera de bruces y que mi ombligo quedara pegado a ella. La depositó en un pequeño cuenco, obligándome a adoptar una postura harto incómoda y mandó salir a todo el mundo de la estancia. Una vez a solas conmigo comenzó un extraño ritual consistente en rezos en un idioma desconocido para mí y en rociarme con agua y aceites. No era molesto, de hecho empezaba a agradarme cuando de pronto se calló.

De su cuerpo empezaron a brotar brazos

fantasmales, haces de luz que me ataban. Me inmovilizaron hasta cortarme la respiración. No es que necesitara respirar, pero había adquirido ese hábito a lo largo de este periodo y me resultaba contrario a natura no hacerlo. Los tentáculos empezaron a penetrar en mi cuerpo, a desgarrarme dolorosamente y arrancar pedazos. Cada trozo separado se difuminaba en el aire y desaparecía en el vacío del espacio. Aquella maldita mujer me estaba exorcizando y no podía defenderme.

Poco a poco me fui consumiendo. El dolor era insoportable. Tanto que gritaba suplicando que se diera prisa, que acabara con mi sufrimiento cuanto antes. Me aterrorizaba el final pero lo deseaba. Hasta que con el último trozo, aquel diminuto punto brillante sobre el que se había reconstruido mi cuerpo, se hizo la oscuridad. Una falta de luz tan negra y tan profunda que nadie con vida ha experimentado jamás. Era un vacío tan desolador y tan brutalmente enorme que me hizo sentir dolor. Estuve flotando en la negrura durante cientos de años. No sentía hambre, frío o calor. No podía oír, oler o tocar nada, tan solo había dolor intenso y persistente, que no daba cabida a ningún otro sentimiento o pensamiento más allá del propio sufrimiento. Evidentemente eso era el infierno. Una oscuridad y un dolor insufrible y constante. No existía demonio alguno, ni ningún ente que viniera a torturarme, no había ningún círculo, ni la más mínima estructura tangible. Nada salvo dolor. Durante aquel periodo no aprendí absolutamente nada, no recapacité, no llegue a ninguna conclusión sobre por qué se me castigaba o qué podía hacer, solo sufrí. Durante esos años mi existencia se prolongó en el tiempo tanto y deseé tanto un final que nunca llegaba que mi propia alma se resquebrajó en mil pedazos y ardí, metafóricamente sobre la superficie de mil soles, pero sin ningún

"De su cuerpo empezaron a brotar brazos fantasmales,
haces de luz que me ataban."

pensamiento a mayores.

Entonces, la luz me inundó de nuevo.

Renací de una lágrima.

Una simple y diminuta lágrima que provenía del conducto lacrimal de Alma, pues en el mundo de los vivos no había pasado el tiempo y ella estaba sollozando por mi pérdida en su habitación. Lloraba amargamente y muy alto abrazada a su almohada. Yo veía su rostro hinchado pegado a mí y poco a poco me sentí crecer, cada gota me hacía más fuerte, el amor de aquella niña me había traído de vuelta del averno y en mi regreso me traje algo más conmigo. Al mismo tiempo que me recomponía me venían flashes de mi vida, momentos felices. Recordé a mis padres, a mi esposa. Recordé al amor de mi vida, mi hijo. Y al fin, recordé el momento más importante de todos los que había olvidado. Mi muerte.

Ocurrió una noche muy fría. Estaba en mi habitación. Hacía el amor con una mujer rubia, voluptuosa, muy excitada. Sus gemidos me espoleaban cada vez más y me llenaban de testosterona. Con cada embestida ella jadeaba más y más alto. Cada poco tiempo llegaba al clímax y cada vez que lo hacía apoyaba su mano en mi pecho y lo arañaba suavemente, hasta terminar enganchando con sus dedos un mechón de bello del que tiraba con fuerza. A los segundos abría de nuevo los ojos y con gran pasión y lujuria me besaba suplicando un poco más. Sudorosos, nuestros cuerpos muy pegados. Los dos hacíamos fuerza con las caderas tratando de llegar más adentro. El placer se apoderó completamente de nuestras mentes y perdimos el control en un orgasmo conjunto tan intenso que nos desplomamos el uno sobre el otro. En ese momento fue cuando nos percatamos de lo

"Un hombre ataviado con un abrigo marrón y un sombrero

calado hasta los ojos nos apuntaba con un arma."

que ocurría. Un hombre ataviado con un abrigo marrón y un sombrero calado hasta los ojos nos apuntaba con un arma. Una lágrima calló sobre la almohada que habíamos tirado al suelo en un arrebato de pasión. En el mismo instante en el que aquella gota se estrelló, resonó el estallido del cañón, como si se tratase de la caída de una gota explosiva sobre un lecho de dinamita.

Finalmente, no morí como un anciano venerable en mi cama, no dejé de respirar tras una vida plena de amor y satisfacción rodeado de mi familia. Por ese motivo, en mi vuelta al mundo de los vivos adopté la forma que tenía con treinta años. Nunca hubo otro yo. Morí a manos de aquel caballero que intuyo, sería la pareja de mi amante. Desnudo, en el suelo.

Dada mi traición, mi esposa e hijo no se apiadaron de mi alma. No llevaron a cabo los rituales que aseguran una transición a un lugar en que mi existencia después de la vida hubiese sido placentera, sino que dejaron que foráneos se ocuparan de mí y mi espíritu quedó ligado al único sitio donde me reconocía a mí mismo. Mi casa, la casa del terror donde volvía a estar y donde pasaría el resto de la eternidad.

Pronto, Alma creció. Se olvidó de que me veía, se casó, se fue de la casa y yo volví a mi estado disgregado como parte de la edificación. El viaje en el tiempo comenzó de nuevo y los muros comenzaron a caerse. La piedra se convirtió en polvo y el polvo se lo llevó el viento. Ahora aún vago arrastrado por el aire, como parte de una partícula invisible dando vueltas en un ciclo interminable que me lleva de un lado a otro.

La casa del terror.

Escanea el código para escuchar la canción.

05 - Danza de espadas.

"Deja sus huellas impresas en la orilla del mar, bestia

eterna y de gran maldad.

Rompen su cuerpo las olas que no la detendrán.

¡Delito! ¡Secuestro!

Mujeres y niños a salvo en la ciudad.

Mujeres y niños a salvo en la ciudad.

Bailaron espadas, la Coca morirá

Bailaron espadas, la Coca morirá

Danza de espadas rompiendo su piel, sangre que cubre mi

cuartel.

Arranca sus almas de su fortín, que no quede nada y ponle

fin.

Batalla ganada, la guerra acabó.

Víctimas que recuperan su honor.

Desisten las armas, persiste el dolor.

Daños que no tendrán parangón

Danza de espadas rompiendo su piel, sangre que cubre mi

cuartel.

Arrancan sus almas de su fortín, que no quede nada y

ponle fin".

Danza de espadas.

Certo día, contáronme unha historia. Non sei se é certa ou soamente un conto inventado para asustar ós nenos da vila. Hai centos de versiós do mesmo, pero a min caloume profundamente o que vos vou relatar:

Fai moito tempo, na illa de San Simón, cara a ría de Vigo, uns rapaces viron cómo emerxía da auga unha creatura horripilante. Un dragón enorme de cor verdosa, cunhas ás máis ben pequeniñas para o corpo que tiña, e un rabo longo acabado en punta pisaba coas súas garras a terra firme da vila de Redondela. Ollaba de lado a lado coma se estivera á procura de algo, mentres camiñaba deixando as súas huellas   na   area. Os habitantes da vila quedaron paralizados polo medo mirando semellante aparición. De repente

116

colleu unha moza pola cintura, meteuse na auga e desapareceu.

Tal acto de vilanía repetiuse ano tras ano, con mais ou menos oposición dos aldeanos ata que ó fin, tornouse nunha tradición. Tódolos anos pola mesma data, a do Corpus Christi, deixábase unha moza na praia para que a Coca a levase sen facer mais   desfeitas.

Ata que os rapaces novos da vila non aguantaron máis. Xuntándose e forxaron espadas para matar ó animal. Todos a unha remataron con él nunha bataia singular, acabando coa súa vida no centro da vila, onde bailaron ó seu redor coas súas espadas en alto   antes   de   rematar   ó   monstro. Celebrouse unha gran festa, os mozos danzaron coas armas aínda ensanguentadas, as mulleres colleron ás mozas poñéndoas enriba dos seus ombreiros ó son das gaitas e desde ese día celebrase a Festa da Coca para lembrar o tormento ó que se lle deu fin aquel día.

Lenda da Coca de Redondela.

Danza de espadas.

Escanea el código para escuchar la canción.

09 - El extraordinario viaje en el tiempo del futuro.

"Brilla el sol, aquí fuera, tu impaciencia no podrá

estropearlo.

Pozo sin fondo, anestesia en los sentidos, déjate arrastrar ya.

Cada hora guarda una historia que se inmola para dejar al

futuro pasar a través de su viaje en el tiempo.

Romperemos cada barrera

Romperemos cada barrera

Romperemos cada barrera

Romperemos cada barrera

Romperemos cada barrera.

Brilla el sol en la tierra, tu tristeza no podrá estropearlo.

Pozo sin fondo, anestesia en los sentidos, déjate arrastrar ya.

Romperemos cada barrera

Romperemos cada barrera

Romperemos cada barrera

Romperemos cada barrera".

El extraordinario viaje en el tiempo del futuro.

¿Cómo llega el futuro a convertirse en presente?, ¿cómo pasa este presente a formar parte del pasado?

El inexorable paso del tiempo es algo que ha obsesionado a muchos a lo largo de la historia de la humanidad. Queda aquí recogida la verdad única para todos los que quieran conocerla y puedan soportarlo.

Postula la religión de la Cabra Cósmica que el inicio de todo tiempo fue no hace tanto, mientras inocente, una cabra pastaba en las praderas verdes entre los universos que conforman el multiverso.

Durante el proceso de la alimentación cósmica, a la cabra se le ocurrió la idea de que quería volar en busca de otras praderas de otros colores diferentes pues la longitud de onda que correspondía al pasto verde le hacía cosquillas en uno de sus estómagos, concretamente el destinado a digerir colores. Quiso entonces volar. Para ello y como todo el mundo que conozca algo del universo sabe, lo que debes hacer es tratar de caer y fallar, como bien queda explicado en "La guía del autostopista galáctico", único libro escrito por la humanidad fiel a la realidad universal, al menos del universo que le toca.

Bien, pues trató la cabra de fallar en una caída cuando erró en el fallo y ciertamente, calló al suelo de la pradera. Por desgracia, aplastó el único escarabajo pelotero cósmico amarillo que quedaba. Este bicho era el encargado de tapar con sus bolas de mierda, un diminuto agujero de gusano en cuyo interior se encontraba el único tiovivo temporal.

La cabra cósmica sabía que lo único que la retenía en la pradera verde era su maldita eficacia en la tarea de caerse y tras intentarlo con ahínco durante milenios seguía sin lograr fallar. Sacudió el universo una y otra vez desde todas las posiciones, posturas y en todos los lugares, pero fue incapaz de no caer. Todos los demás seres todopoderosos habían logrado la condición de entes flotantes mucho antes que ella y se sentía tremendamente inferior.

De pronto, reparo en el carrusel que crecía en medio de sus dominios

Al estar libre el tiovivo creció y comenzó a girar sin parar dando lugar como no puede ser de otra manera, al paso del tiempo. Este transcurre de forma cíclica. De tal manera que el caballito presente persigue sin lograr alcanzar al caballito pasado y a su vez, es perseguido sin ser pillado por el caballito futuro. Los tres giran alrededor de un eje continuamente provocando que el tiempo, en su forma global sea cíclico y solo vaya en una dirección.

La cabra harta de intentar errar en la misión de caer, montó en el caballito futuro con intención de despejar su atribulada cabeza y al terminar el viaje desmontó completamente mareada.

Fue entonces cuando logró su tan ansiada meta. Al caer, un error fatal hizo que sus pezuñas se despegaran del suelo y comenzaran a flotar libremente por el hiperespacio.

A día de hoy, nadie sabe en qué praderas pastará, lo que sí es seguro es que cuándo Futuro termine de girar los 360 grados del carrusel, volverá a la pradera de color verde y el devenir de los acontecimientos regresará al instante cero.

El extraordinario viaje en el tiempo del futuro.

Escanea el código para escuchar la canción.

10 - El final del carnaval.

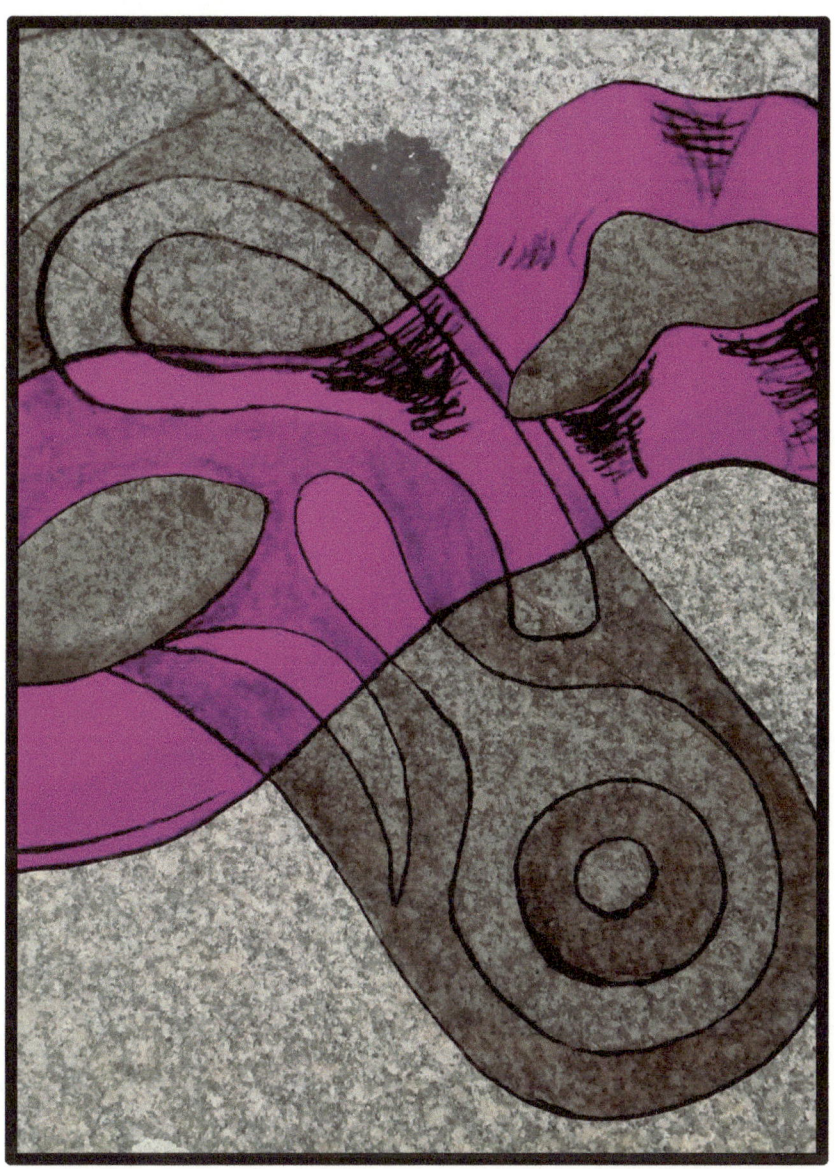

"Ya llegó el final del carnaval, hay que recogerlo todo. Máscaras y música estival son luces que vuelven a ser de metal.

Fría nos mira, la ciudad se contamina de rutina y la tranquilidad nos persigue y nos quiere volver a atrapar.

Ya llegó el final del carnaval, hay que recogerlo todo.

Sube tu disfraz al desván que allí te espera el monstruo que se alimenta de tus sollozos, tu guerra solo logrará que se enfurezca aún más y nos trague sin piedad.

Ya llegó el final del carnaval, hay que recogerlo todo.

Mira tu ciudad sin limpiar que allí se esconde el monstruo que se alimenta de tus antojos, tu guerra solo logrará que se enfurezca aún más y nos trague sin piedad".

El final del carnaval.

No recuerdo el día exacto. Nunca he sido de esos que recuerdan qué paso, en qué fecha exacta. No soy, ni nunca seré uno de esos ancianos que comienzan sus anécdotas mencionando el año en que se desarrollaron, al tiempo que se mesan su poblada barba con un gesto de profunda concentración. Sé que ocurrió durante las celebraciones del carnaval en Río de Janeiro. Por aquel entonces yo no era más que un chaval enamorado que estaba de vacaciones con su novia. Habíamos decidido viajar desde nuestro país para disfrutar del calor, la samba, los disfraces y la playa, como nunca antes lo habíamos hecho. Tras un mal año en nuestra relación, pensamos que una luna de miel en Brasil sería lo que avivase la llama, pero nada más lejos de la realidad. Lo que debía haber sido una sucesión de bailes, citas y cenas pensadas para amantes, se convirtió en una maldita pesadilla desde el día que me tropecé frente a frente con

131

Lucía.

La hija del embajador de España tenía dieciocho años. Era menuda y delgada, de piel acaramelada y pelo rizo peinado a lo afro. Su cara angelical y sus labios carnosos parecían imanes que obligaban a girar bruscamente la cabeza de la gran mayoría de los hombres que pasasen a su lado. Independientemente de su posición, edad o situación sentimental. Todos se volvían para recrearse la vista con semejante belleza. Conocida en todos los rincones de ciudad, en cada garito de mala muerte por su afición a la bebida y la fiesta. Todos los habituales, dueños de local, policías de la localidad, en definitiva, todo el mundo sabía perfectamente quién era aquella niña y por qué nadie podía tocarle un pelo. Pues el querido papá de Lucía, aparte de ser el embajador de España en Brasil, era conocido por su dureza con quien trataba de meterse en sus "negocios".

¿Que cómo me las arreglé para conocer a

semejante estrella del rock? Bien, empecemos por el principio.

Laura, que así se llamaba mi novia, descansaba en la habitación. Habíamos tirado la casa por la ventana para aquellas vacaciones. No es que fuéramos muy pudientes, pero gozábamos de una buena posición económica y reservamos en uno de los hoteles de más postín de toda la ciudad. Después de una sesión de sexo agotadora, ella se quedó dormida en la aquella fabulosa cama y yo bajé al bar a tomar algo, pues no podía dormir. Pedí una cerveza, después otra, y luego una tercera. Al cabo de un rato, una imperiosa necesidad de mear hizo que me levantase como un resorte del lujoso taburete y corriese, medio borracho en busca del excusado.

Por lujoso que fuese el establecimiento, los clientes seguían siendo humanos, en su mayoría turistas con ganas de beber y divertirse, que habían viajado miles de kilómetros para pasar ebrios la mayor cantidad de tiempo posible. En consecuencia, la cola para entrar al cuarto de baño era, como cabría esperar, bastante larga.

Al pasar unos minutos, el hormigueo empezaba a ser insoportable. Solo tenía dos opciones, o bien volvía a la habitación y me arriesgaba a despertar a Laura, que me viese en aquel estado y transformar nuestras idílicas vacaciones en el paraíso en una guerra de pullas y reproches, o bien salía del hotel, buscaba un rincón tranquilo y marcaba mi territorio como un perro.

Como ya habréis imaginado, opté por la segunda opción. Me encontraba con la bragueta bajada, el pene en la mano, disfrutando de un merecido desahogo, cuando unos extraños gruñidos me sobresaltaron. Me giré bruscamente mientras mi orina aún salía a borbotones y de pronto, de detrás de dos contenedores metálicos salieron tres personas que participaban en una trifulca. Se trataba de dos hombres y una mujer, uno de los varones era calvo y extremadamente grande. Sus brazos parecían dos enormes tuberías que se cernían sobre el cuerpo de una pequeña mujer. Un segundo caballero por llamarle de algún modo, más delgado, de piel pálida y vestido con un elegante traje negro amordazaba a la muchacha, que se resistía con valor. Trató incluso de propinarle un soberbio puntapié al secuestrador más delgado, pero él lo esquivó ágilmente.

En ese momento, me di cuenta de que me había metido en un buen lío. Los delincuentes se dieron cuenta de que yo había visto toda la escena. Clavaron sus miradas en mis ojos y muy lentamente, el más delgado se llevó el dedo índice a la boca, cruzándolo sobre sus labios y emitiendo un pequeño susurro para aconsejarme con fervor que no dijera nada. Al tiempo, su otra mano abrió cuidadosamente la chaqueta del traje, dejando ver una pistola enfundada en su costado.

-No te muevas chaval. Vas a venir con nosotros a

dar un paseo. ¿Vale?

Asentí con la cabeza mientras trataba por todos los medios no echarme a llorar como un niño de cinco años.

Maniatados, nos empujaron a los dos en la parte trasera de un automóvil bastante antiguo, a juzgar por el hecho de que no disponía de ningún sistema de anclaje para cinturones de seguridad. El habitáculo era amplio, de modo que aquella mujer y yo ni siquiera nos tocábamos, cada uno refugiado en su esquina. Yo la escuchaba llorar y gemir, pero no denotaba pánico o angustia, sino que estaba claro sollozaba de pura rabia. Golpeaba los asientos delanteros con todas sus fuerzas. Gritaba amenazas al principio incomprensibles para mí, pero al poco tiempo comencé a hacerme con el acento de la niña y a comprender qué era lo que les decía.

- ¡Soltadme!, ¡no tenéis ni idea de quién soy!, ¿es que queréis morir?, ¿sabéis quién es mi padre?

- ¡Cállate!, sé perfectamente quién eres, putita. Sé quién es tu padre y precisamente por eso nos va a pagar todo lo que queramos en cuanto se entere de que estás con nosotros.

Ella se echó a reír.

-No tenéis ni idea. Os van a coser a tiros en cualquier momento. En cuanto me encuentren no se van a andar con chiquitas.

-Vale, vale. Ahora a ver si sabes estar calladita niñata. -Dijo el secuestrador más grande.

- ¿Y si no qué?, ¿me vas a pegar?, ¿vas a pegar a una niñita machote? Vaya tío más macho, que va a pegarle a una cría. ¿Eso te hace sentir muy hombre eh? ¡Puto gigante con micropene de mierda!

Aquel bigardo simiesco le asestó un puñetazo de tal envergadura que le dejó la nariz prácticamente pegada al pómulo izquierdo.

-El próximo te lo doy con el micropene. ¿Te gustaría eso?

Se hizo el silencio. Ella trataba en vano de

recolocarse el tabique nasal mientras yo, en estado de shock, ni siquiera era capaz de articular palabra. Miraba por la ventanilla, tratando de hacerme a la idea de a dónde nos llevaban. Pensé que era extraño que ni siquiera se hubieran molestado en vendarnos los ojos. ¿Por qué nos les importaba que viésemos a dónde nos llevaban? No era buena señal, de modo que me sorprendí a mí mismo preguntando.

- ¿Por qué no nos habéis vendado los ojos?

-Anda, pero si la cucaracha tiene lengua. -Contestó el atracador más delgado.

- ¿Nos vais a matar?

-Pues verás cucaracha. No os vendamos los ojos porque da igual que sepáis a dónde vamos. Es más, te lo digo ahora mismo, vamos a un embarcadero en la playa.

Me sonrió dejando ver una dentadura extraordinariamente blanca, con un incisivo dorado que sobresalía en la mandíbula inferior.

El resto del viaje guardamos silencio. Transitábamos por las circunvalaciones de la ciudad como si nada. Entre el denso tráfico, escuchábamos las noticias en la radio, que solo hablaban de los festejos y eventos programados para aquella noche en los diferentes barrios de la ciudad.

Al fin, nos desviamos hacia una pequeña cala en la costa donde, en un diminuto muelle de madera, nos esperaba una lancha motora negra. Parecía muy rápida, de las que se ven en la televisión, en los programas de investigación sobre narcotraficantes que cruzan el mar con cientos de kilos de droga cargados. Nos depositaron en cubierta en lugar de los fardos y sin perder el tiempo, el enorme hombre-gorila arrancó los dos potentes motores que daban tracción a las hélices y comenzamos a navegar.

En cuestión de minutos, dejamos de ver la costa. Los dos hombres se guiaban por un pequeño GPS instalado en los mandos. Discutían a voces a cerca del rumbo a seguir mientras trataban de contactar con algún otro barco una y otra vez. Tardamos horas en encontrarlo. Se trataba de un lujoso yate. El más ornamentado y grande que había visto en mi vida. Una proa blanca perfectamente lustrada y adornada con incrustaciones doradas que simulaban una enredadera, que daba la vuelta a todo el casco. Una piscina de agua salada en popa, equipada con calentadores para poderse bañar en el agua del océano con total confort. Estaba equipado con placas solares, antena parabólica, y todos los cachivaches tecnológicos que uno se pudiese imaginar.

Nada más subir por la escalera de popa, un hombre de mediana edad, nos recibió con los brazos abiertos y una enorme sonrisa. Miraba fijamente a la chica bajo sus gafas de sol y se ajustaba la chaqueta del traje de lino blanco que acababa de ponerse, a juzgar por el hecho de que aún tenía el pelo mojado, por haberse estado bañando en su flamante piscina.

-Bienvenida pequeña Lucía.

A mí me ignoró deliberadamente hasta que, para llenar un silencio incómodo se dirigió a sus lacayos en referencia a mi persona.

- ¿Esto qué es?, ¿ni siquiera podéis traerme a una niña sin que os vea un imbécil?

Los gorilas guardaron silencio, avergonzados.

- Anda, lleváoslo de aquí. Haced lo que os dé la gana con él.

Me temí lo peor. No tenía el más mínimo valor para aquella gente, lo que significaba que no pasaría mucho hasta que dejase de respirar. Me empujaron en el rincón más oscuro de la bodega del navío y se fueron a atender otros menesteres, no sin antes amenazarme para que no me moviese de allí. Me quedó meridianamente claro que para ellos no era más que un insecto que se había colado en su plan. Tan insignificante que matarme para dejar atados todos los cabos sueltos, ni siquiera representaba para ellos una prioridad.

Decidí que cuanto menos ruido hiciese más probabilidades tendría de salir con vida de aquel lugar, así que busqué la zona más oscura y me acurruqué como un bebé, a la espera de que toda aquella pesadilla terminase. Creí que, si cerraba los ojos con suficiente fuerza, quizás despertaría junto a Laura en la cama del hotel y todo aquello se desvanecería al cabo de un par de horas.

Pero no era así. La situación era muy real y yo luchaba por no cagarme encima mientras los segundos se sucedían lentos, como si el tiempo en aquel yate no obedeciese a las mismas normas en que tierra.

Al anochecer, los dos gorilas me trajeron una compañera cucaracha con la que poder compartir mi rincón. Lucía se sentó airada a mi lado, con las manos atadas con una brida, los ojos totalmente rojos, el maquillaje corrido hasta las mejillas y un reguero de sangre que le brotaba de las fosas nasales y se perdía en sus labios aún pintados de rojo.

- ¿Estás bien?, ¿te han hecho algo? -Pregunté fingiendo preocupación.

Ella puso los ojos en blanco y volvió la cabeza hacia el otro lado al tiempo que se recostaba dándome la espalda. Era evidente que no tenía la más mínima intención de mantener una conversación conmigo, pero aun así caí en la tentación de insistir.

- No te preocupes, vamos a salir de esta. -Le dije.

Ella se giró bruscamente y colocó su cara excesivamente cerca de la mía, guardando aún silencio. Su aliento se metía en mi boca mientras ella observaba cada uno de mis rasgos meticulosamente. Bajó los ojos para mirar a mis labios, como una colegiala que espera que un chico se lance a darle su primer beso. Me pasó las yemas de sus dedos suavemente por toda la cara, acariciándome con sensualidad, con un fingido deseo que no hizo más que desconcertarme y excitarme a partes iguales. Después acercó su boca a mi oreja y rozó mi lóbulo con sus labios antes de susurrarme al oído.

- Tú vas a ser el primero en morir.

Entonces se separó y volvió a darme la espalda.

La noche me pareció una eternidad. Aquella niñata había conseguido asustarme de tal manera que no era capaz de dejar de temblar. Acurrucado, con las rodillas pegadas en el pecho no podía dejar de repetir su frase una y otra vez en mi cabeza. "Tú vas a ser el primero en morir". Estaba seguro de que no lo había dicho a sabiendas de nada, sino que más bien el nerviosismo y el miedo la habían hecho reaccionar de aquella manera, pero había algo en aquella niña que no era normal. Algo no andaba bien en ella. No sabía lo que era, no sabía qué no era normal en ella, pero empezaba a asustarme más que los propios secuestradores.

A la mañana siguiente nuestros captores vinieron a visitarnos.

- ¿Qué tal princesa?, ¿has dormido bien? - Silencio.

- Tu papá nos va a pagar todo lo que queremos, ¿sabes? En tres días nosotros seremos ricos, nuestro jefe tendrá lo que sea que le está pidiendo a tu padre y tú te irás a tu casa para seguir poniéndote ciega todas las noches. ¿Ves?, todos contentos.

- ¿En tres días? -Pregunto la niña.

La sonrisa que Lucía exhibió en aquel momento fue la prueba de fuego que necesitaba para acojonarme del todo. Esa chiquilla no era normal. No los miraba con odio, miedo o rencor, sino que más bien parecía mirarlos como si tuviera hambre. Como si los gorilas se hubieran transformado, como en los dibujos animados, en dos jugosos pollos asados y ella fuese el coyote a punto de cazar al correcaminos. Incluso me pareció apreciar un hilo de baba resbalándole por el labio.

145

- En tres días, niña, en tres días. Ahora haz el favor de portarte bien y no tendremos que hacerte ningún daño.

Ella no contestó, se limitó a seguir observándolos como si fueran el mayor de los manjares hasta que se pusieron nerviosos y terminaron por irse de allí.

Las horas, se sucedían sin que ninguno de los dos dijéramos nada. Ella se movía de vez en cuando incómoda, como si buscara la mejor postura para descansar.

He de decir que, durante las siguientes veinticuatro horas nos trataron con humanidad. Nos dieron de comer, nos mantuvieron hidratados, incluso me ofrecieron un libro para mantenerme entretenido y que el tiempo volviese a transcurrir a un ritmo normal para mí.

El malestar de Lucía, en cambio, crecía por momentos, hasta que las últimas horas parecía estar pasándolo realmente mal.

- ¡Venid! -De pronto llamó a los secuestradores a

gritos. - ¡Escuchadme pedazos de mierda!, ¡tenéis que soltarme ahora mismo!, ¡lanzadme al mar!, yo me las apañaré, pero no me tengáis aquí u os vais a arrepentir, os lo prometo.

Ellos se quedaron boquiabiertos. Desde luego no le dieron en más mínimo crédito a las amenazas de la muchacha y se dieron media vuelta entre risitas.

- ¡Mírame! -Me dijo. - En un par de horas esto se va a poner muy feo. Escóndete, porque no te puedo prometer que no te vaya a hacer daño.

Yo la miré a los ojos. Aquello era real, al menos para ella. Parecía más asustada de lo que creía que podía llegar a hacer que de lo que temía que los captores le pudieran hacerle. Su respiración era muy irregular, sudaba exageradamente, le temblaban las manos, estaba pálida..., algo físico le estaba pasando a aquella niña. No era solo que tratase de zafarse con una estratagema, era algo fisiológico, algo que le dolía y le asustaba por igual. A trompicones, me arrastré hasta la otra esquina de la bodega y me escondí tras unas cajas de madera, como un pequeño que juega al escondite con sus amigos. Las lágrimas resbalaban por mi mentón sin que yo pudiese hacer nada por evitarlo. Cayó la noche. En el instante mismo en que el último rayo de sol quedó oculto bajo el horizonte, Lucía comenzó a retorcerse y a chillar de dolor. Su espalda se arqueaba de manera antinatural, sus alaridos eran tan desgarradores que hicieron que me orinase en los pantalones. Los secuestradores aparecieron asustados y con cara de incredulidad, se quedaron mirando petrificados. Pude ver a dos hombres acostumbrados a presenciar toda clase de atrocidades temblar de puro pánico, gritar como si hubieran visto al mismo demonio.

De hecho, lo estaban viendo en aquel momento. La niña dejó de parecer humana, crio pelo y se transformó en una bestia mitad humano, mitad lobo. ¡Era una mujer lobo!

Se deshizo de sus ataduras como si se tratara finos

hilos y se abalanzó contra el más grande de los secuestradores. Lo decapitó de un zarpazo y se dio el lujo de deleitarse viendo caer el torso del hombre al suelo, mientras la sangre brotaba como en una fuente.

El otro había salido corriendo, y la bestia emprendió la cacería. No dejaría títere con cabeza. Los gritos de pánico resonaban por todo el barco. Gemidos guturales de cuerpos a medio matar, se convirtieron en un continuo durante aquella fatídica noche. Yo no era incapaz de moverme. Sabía a ciencia cierta que iba a morir de la manera más horrible imaginable. Seguía oculto en el mismo lugar, rezando para que aquel monstruo no me encontrase, para que no se acordara dónde se había escondido su compañero.

Escuché como uno a uno, devoraba todos los cadáveres de la tripulación. Los huesos crujían entre sus enormes dientes y el animal los comía con voracidad, sin apenas pararse a respirar, como si su hambre no pudiese ser saciada por más que se alimentase.

Entonces llegó el amanecer. En cuanto la luz disipó la oscuridad los gruñidos del animal cesaron y comencé a escuchar los sollozos de Lucía. ¡Había vuelto!

- ¡Levántate!

La voz autoritaria de un hombre hizo que, de repente alzase la vista. El cuerpo de un soldado a contraluz me hacía señas para que me pusiese en pie lo más rápido posible. Se trataba de un varón, completamente uniformado y armado hasta los dientes. Me puso una manta sobre los hombros y, cogiéndome del brazo me guio hasta la cubierta. Allí, Lucía se abrazaba al embajador de España, su padre, que había venido a rescatarnos. Estaba completamente desnuda, pero nadie hacía el más mínimo ademán de tapar sus vergüenzas.

- Nada de esto ha pasado. ¿Está claro? -Me dijo el soldado. - Te vamos a llevar de vuelta al hotel y no dirás nada de los que hayas podido ver esta noche.

- ¿Quién me iba a creer? -Contesté.

El final del carnaval.

Escanea el código para escuchar la canción.

07 - Tenderé

"Eu vivo nunha terra morta, valeira de esperanza e lei.

A herba do chan queima, aínda que queira non podo

correr.

Lonxe moi lonxe, tan lonxe como poida ser.

Alá onde o verde medra e a auga agarima os meus pes.

Onde o sol xa non queima e o vento non sopla dende o

mesmo inferno.

Onde eu non, xa non sexa o peón que non vale de nada

nos xogos.

Tenderé, tenderé, tenderé, tenderé, el pañuelo en el prado

no lo tienda usted

Tenderé, tenderé, tenderé, tenderé.

Ti pensas que és tan boa, tan mala és baixo da pel, que

as noites de lúa nova déixasme e vaste con él.

Eu vivo ás túas portas, dasme e quítasme o mel.

Quero saír dista celda, a auga agarima os meus pés.

Onde o sol xa non queima e o vento non sopla dende o

mesmo inferno.

Onde eu non, xa non sexa o peón que non vale de nada

nos xogos.

Tenderé, tenderé, tenderé, tenderé, el pañuelo en el prado

no lo tienda usted

Tenderé, tenderé, tenderé, tenderé".

Tenderé.

"Tenderé, tenderé, tenderé, tenderé, el pañuelo en el prado
no lo tienda usted
Tenderé, tenderé, tenderé, tenderé."

Tenderé (canción popular original):

"Tenderé, tenderé, tenderé, el pañuelo en el
prado no lo tienda usted.
El pañuelito en el prado, la fruta sobre la arena.
Entre más viva la gente, más quiero yo a mi
morena.
Tenderé tenderé tenderé, el pañuelo en el prado
no lo tienda usted."

Tenderé.

Escanea el código para escuchar la canción.

08 - Viaje al centro de la tierra

"Desde el centro de la tierra pude verme, mis acciones me liberarán.

Este viaje me supera, detenerme no será una opción jamás.

Déjate de historias, no lo lograremos sin luchar.

Surfeamos sobre la lava de un volcán.

Navegábamos entre cientos de bestias.

Tempestad, ilumina la estela que al final seme antoja tan cerca.

Este cielo que me observa incandescente, sus estrellas me iluminarán.

Y un amor que me espolea, detenerme no será una opción jamás.

Déjate de historias, no lo lograremos sin luchar.

Déjate de historias, no lo lograremos sin luchar.

Surfeamos sobre la lava de un volcán.

Navegábamos entre cientos de bestias.

Tempestad, ilumina la estela que al final seme antoja tan cerca.

Misterio resuelto, se acaba este inferno, se abre la puerta de atrás y salgo ileso.

Misterio resuelto, se acaba este inferno, se abre la puerta de atrás y salgo ileso.

Cuarenta cantos superados ya son el pasado.

Nueve círculos cerrados, me espera el purgado.

Tempestad, ilumina la estela que al final seme antoja tan cerca".

Viaje al centro de la tierra.

Viaje al centro de la tierra.

Escanea el código para escuchar la canción.